살루메가 있는 방

살루메가 있는 방

김상현 단편소설

아득북

차 례

1 포름한 향내 ··· 009
2 살루메가 있는 방 ··· 041
3 당숙 ··· 073
4 칠복이 ··· 103
5 시내산 옥탑방 ··· 127
6 사슬 ··· 159
7 박 여사 승천기 ··· 195
8 데드 포인트 ··· 223

작가의 말 ··· 254

1

포름한 향내

1

'도련님, 소승에겐 너무 과분한 적선입니다. 이젠 바람이 찹사 운데 그만 들어가 보셔얍지요.'

그녀는 내게 이런 말을 하지 않았다. 갈림길에서 그녀는 뒤도 돌아보지 않고 산사를 향해 올라갔다. 우거진 산죽에 가려 그녀의 모습은 곧장 시야에서 사라졌다.

시실리로 가는 도중에 그만 그녀를 따라 버스에서 내리게 된 것이나, 여기까지 그녀를 뒤쫓아 오고 만 것은 내 잘못이었다. 아니 딱히 잘못이라고 자신을 탓 할 것은 없었다. 시실리에 꼭 가야할 특별한 이유도 없었거니와 짧은 겨울해가 으스름한 저녁 풍경을 끌어 오고 있었기 때문에 그냥 도중에 내렸다고 하는

편이 맞을 것이다. 아니 이런 생각은 익숙하지 못한 핑계다.

굳이 탓을 한다면 그녀에게도 책임이 있었다. 그녀가 여승이라는 사실이다. 어쩜 그녀를 탓하는 것은 얼토당토않은 궁색한 일이다. 내가 그녀를 따라오게 만든 원인 제공자는 '여승'이라는 시를 쓴 시인이랄 수 있다.

내가 버스에서 그녀를 보는 순간, 머릿속에 잠재되어 있던 시가 생각났던 것이다. 그래서 26행이나 되는 시를 한 구절도 놓치지 않고 단숨에 중얼거리지 않았던가.

범접할 수 없는 신비함을 느끼게 했던 여승을 대상으로 한 그 시를 나는 사춘기 때부터 외우고 있었다.

시의 내용은 그랬다. 살구꽃 그림자에 뿌여니 흙바람이 끼던 어느 봄날, 시 속의 소년은 하루 종일 방안에 누워서 고뿔을 앓고 있었고 밖에는 시주 온 여승이 염불을 하고 있었다. 소년은 손가락에 침을 발라가며 장지문에 구멍을 뚫고 토방 아래 고깔 쓴 여승을 엿 보는 내용으로 시작되는 시이다.

그런데 조금 전까지 버스에서 나는 그 소년처럼 다소 가슴 두근거림으로 내 옆 자리에 앉아있는 비구니를 곁눈질로 훔쳐보았던 것이다.

비록 그녀의 얼굴은 볼 수 없었지만 시에 적혀져 있는 대로 '설움에 진 눈동자'와 '창백한 얼굴'을 상상했던 것이다. 어디 그뿐이던가? '수그린 낮달의 포름한 향내'를 느껴보려고 비강 깊숙이 콧숨을 들이켰던 것이다.

그리고 뭐에 홀린 듯이 그녀를 따라 버스에서 내린 것이다. 여기까지는 마치 시 속의 소년과 같은 마음, 즉 '너무 애지고 막막해져서 사립을 벗어나 먼 발치로 바리때를 든 여승의 뒤를 따라 동구 밖까지' 달려 나갔던 소년의 두근거림으로 그녀를 뒤 따라 왔던 것이다.

그런데 나는 보리암 쪽을 가리키는 나무 팻말이 있는 갈림길에서 망설이고 있었다. 아직도 내 마음 속에는 '여승'이라는 시가 자리 잡고 있었다.

시 대로라면 마을과 산사의 갈림길인 바로 이곳에서 그녀는 처음으로 뒤를 돌아보며 우는 듯 웃는 듯 얼굴상을 지어 보이며 '도련님, 소승에겐 너무 과분한 적선입니다. 이젠 바람이 찹사운데 그만 들어가 보셔얍지요.' 해야 했다.

그러나 그녀는 시처럼 그렇게 내게 말하지 않았다. 물론 출가한 비구니에게 그 같은 일을 바라는 것은 너무 과분하고도 속된 생각이라는 마음이 들지 않은 건 아니었다.

갑자기 골짝에서 불어닥친 찬바람 때문에 내가 기침을 심하게 했지만 그녀는 내 쪽을 향해 뒤도 한 번 돌아보지 않은 채, 산죽 우거진 작은 오솔길을 따라 보리암을 향해 서둘러 발길을 재촉

했다. 흘러내린 잿빛 목도리를 한 손으로 추켜올리던 그녀의 뒷모습만이 내게 잔영으로 깊게 남았을 뿐 '여승'이라는 시는 재현되지 않았다.

 저녁 해를 등지고 있는 마을의 오후 햇볕은 유난히 짧았다. 겨울 오후의 햇볕은 너무도 인색하게 잠시 머무는 시늉만 내다가 순식간에 사라져 버렸다. 해가 넘어가면 산골마을은 더욱 적막했다. 어둠 속에 창호를 적신 불빛들이 잠시 별처럼 떴다 사라지면 마을은 깊은 어둠에 싸여 산에 동화되어 버렸다.
 차편도 끊긴 시간이고 차편이 있다 해도 굳이 시실리로 갈 특별한 이유도 없었기에 나는 마을에서 하루 밤을 묵어야겠다는 요량으로 어둠 속 불빛을 향해 걸어갔다. 돌담이 허물어진 사이로 난 대문을 지나 장지문의 불빛 앞에서 서서 한참동안 망설이다 안쪽을 향해 기척을 했다.
 "계세요?"
 방안의 호롱불이 흔들리는지 창호의 밝기가 불규칙하게 아른거렸다. 나는 조금 더 큰 소리로 인기척을 냈다.
 "계세요?"
 장지문이 열리고 집주인이 어둠 속에 서 있는 나를 잠시 바라보더니 쉰 듯한 목소리 되물었다.

"뉘시오?"

"돌아가는 차편이 끊겨서 염치를 무릅쓰고 찾아왔습니다."

불빛 속에서 노인은 감을 깎다 말고 앉은 채로 내게 말을 했다.

"날이 추운데 들어오시오."

방안 한쪽에는 실에 달아맨 곶감이 겹겹이 치렁거렸다. 감에 칼질 하는 노인의 손마디가 불빛에 유독 노쇠하게 보였다.

"어디서 오는 길이오?"

"보리암에…."

가려다 그만 이곳에 오게 되었다고 내가 말을 하려던 것을 끊고 노인이 의아스럽다는 듯 나를 바라봤다.

"거긴, 왜? 비구니절인데…."

"어르신, 괜찮으시면 하룻밤만 재워주시면 안되겠습니까?"

노인은 별말 없이 딸이 쓰던 방이라며 옆 방문을 열어 보였다. 오랫동안 비워 두었는지 습한 냄새가 비강을 훑고 지나갔다.

"고래에 불을 넣으면 곧 방이 뜨실 것이니 조금만 기다리시오."

"신세를 지게 되어 고맙습니다."

"뭘 신세는, 사람 사는게 다 그렇지."

노인이 호롱에 불을 붙였다. 불빛이 비친 노인의 얼굴에 광대뼈가 석고상처럼 각져 더욱 과묵하게 보였다. 내가 이름을 또박또박 뱉어내듯이 통성명 하며 인사 했을 때도 그는 내 이름 따위

포름한 향내

에는 별관심이 없다는 듯이 '흠, 김가군' 하는 말로 성씨만을 기억해 두겠다는 의사를 내비쳤다.

  노인은 전구가 고장난 지 두어 달이 지났지만 하등 불편함이 없어 오래 전에 쓰던 호롱을 다시 찾아서 쓰고 있다고 했다. 호롱의 심지가 석유를 태우면서 내는 적당한 석유냄새로 인해 방 안의 습한 곰팡이 냄새를 맡을 수 없게 된 것이 오히려 다행이었다. 노인은 몇 개의 말랑말랑한 곶감이 담긴 됫박을 방에 들여 밀어주고는 건너갔다.
  고래에 장작을 넣었는지 아랫목 구들에서 온기가 느껴졌다. 나는 배낭에서 '시간의 여행'이라는 가져온 책을 꺼내 호롱불 가까이로 가서 가부좌를 틀었다.
  책장을 펼치자 글자들이 어른거리는 호롱불 때문에 마치 살아있는 듯이 움직였다. 나는 흰 종이 위에 가지런히 놓인 검은 밥알 같은 활자를 한 톨 한 톨 정성스럽게 집어 천천히 눈으로 가져갔다. 책을 읽다가 '어디쯤 왔는가?' 라는 소제목 밑에 붉은 선을 그었다. 지금 나는 의사가 말한 180일 중에 오늘로 3일을 쓰고 있었다.
  다섯 쪽을 넘기고 여섯 쪽 중간쯤 읽고 있는데 건넌방 노인이 헛기침을 했다. 노인의 기척은 이제 그만 불을 끄고 자라는 신호인 듯했다. 나는 보던 책을 덮고 벽을 향해 돌아누웠다. 벽에선 오래된 황토에서 풍기는 두엄냄새가 코끝을 자극했다.

아침햇살이 고왔다. 배낭을 메고 나오려는데 노인이 감을 깎으면서 나를 바라봤다. 내가 열려있는 방문 쪽으로 허리를 굽혀 하루 밤 재워줘서 감사하다고 인사를 하려는데 그가 먼저 내게 말을 던졌다.
"별일 없으면 더 있어도 되는데…."
노인의 눈빛이 나를 붙잡고 싶은 것 같았다. 나는 숙인 머리를 손으로 만지며 염치를 가늠질하려고 노인을 올려다봤다.
"저야 딱히 갈 곳이 있는 것은 아닙니다만 어르신이 불편하실까봐서요."
"이리 들어와, 감을 깎아보지, 그러나?"
노인의 말에는 짙은 외로움과 나를 붙잡고 싶은 간절함이 묻어났다. 대답 대신에 나는 노인의 말에 이끌려 열려있는 방안으로 주춤 거리며 들어갔다. 노인의 얼굴에 잔잔한 미소가 달무리처럼 피어오르는 것이 보였다.
"어여 짐 내려놓고 이리 와 앉아."
노인의 말투가 하루 밤 사이에 바뀌어 있었지만 나는 전혀 기분이 나쁘지 않았다. 하대하는 말투에는 표현할 수 없는 따뜻한

정이 배어있었다. 마치 아버지가 아들에게 하는 말투와도 같았다. 나는 배낭을 내려놓고 그의 옆에 앉았다. 뜻하지 않는 곳에서 뜻하지도 않게 나를 붙잡고 싶은 사람이 있다는 것이 믿어지지 않았다. 노인은 감이 담긴 바구니를 내 무릎 앞으로 밀어 주면서 거봐, 나와 함께 있으니 좋지? 하는 표정을 지으며 작은 과일칼을 건네줬다.

"감 깎는 거 별거 아냐, 오른 손으로 칼을 꼭 붙잡고 왼손으로 감을 뱅뱅 돌리면 돼."

노인은 보라는 듯이 시범을 보였다. 투박한 노인의 손에서 감은 매끄럽게 옷을 벗고 노오란 속살을 드러냈다. 나는 노인이 시키는 대로 감을 깎기 시작했다. 능숙하게 빠른 노인의 손놀림을 보면서 걱정이 되어 내가 말했다.

"손 베는데 조심하셔야겠네요."

"걱정 말게, 아무러면 내 살과 감을 구별하지 못하겠나!"

참으로 우문현답이었다. 살과 감의 경계에 칼이라는 예리한 물체가 존재한다는 것, 만약에 그 경계가 무너질 때는 여지없이 상처를 입게 된다는 진리를 노인은 은유적으로 말하고 있었다.

"어제 밤에 책보는 것 같던데, 등잔불 아래서 불편하진 않았는가?"

"처음엔 조금 불편했는데, 곧 익숙해졌습니다."

"그래, 불빛거리 안에 있다 보면 한결 편안할걸세."
"네?"
"불빛의 거리가 짧을수록 행동반경이 단조로워져 편안하다는 말이지."

노인의 음성은 낮았으나 무게가 느껴졌다. 나는 감을 깎고 있는 노인의 옆모습을 바라보았다. 눈꼬리 부분의 짙은 주름 곁에 수많은 잔주름들이 노인이 말할 때 마다 관자놀이 쪽으로 밀려왔다. 숱이 적은 반백의 머리칼 밑으로 까칠까칠한 흰 수염이 턱을 감싸고 있어서 어딜 봐도 일흔이 넘은 노인이었다. 나는 노인의 말이 예사롭지가 않고 마치 무슨 경전을 듣는 것처럼 느껴졌다. 나는 엄숙하고 경건하기조차한 분위기를 깨버리고 싶어서 불쑥 말을 던졌다.

"어르신이 깎은 감은 둥글고 매끄러운데 제가 깎은 건 껍데기에 살점이 묻어나고 삐뚤빼툴한 게 여간 볼품이 없는게 아니네요."

"허허, 감이 제 살점이 껍데기에 붙어있는지 어찌 알겠나, 삐뚤어져도 곶감은 곶감일세."

여전히 노인의 말에는 무슨 묵시가 감춰져 있는 것처럼 들렸다. 삐뚤어져도 곶감은 곶감이라니, 내가 감을 이야기했는데 분명 노인의 대답은 인생을 말하고 있는 것만 같았다. 노인이 앞에 놓인 감 바구니에 칼을 내려놓으며 말했다.

"배고프겠구먼, 아침을 준비하는 동안, 자넨 마을이나 한 바퀴 돌아보고 오게."

내가 머뭇거리자 노인은 내 등을 떠밀면서 말했다.

"미안해할거 없어, 늘 하는 일이야."

노인은 부엌으로 들어가고 나는 집을 나와 마을을 향해 발걸음을 옮겼다. 마을은 감골이라는 이름에 걸맞게 오래된 감나무가 지천으로 보였다. 돌담너머에도, 지붕너머에도 보이는 것이라고는 감나무뿐이었다. 지금 감나무에는 노란 감들이 탐스럽게 익어가고 있었다. 나는 돌담사이로 난 좁은 길들을 걸어 감골 마을을 한 바퀴 돌아볼 요량이었다. 나지막한 돌담너머로 집과 마당이 한눈에 들어왔다. 그런데 몇몇 가구를 빼고는 흉가처럼 버려져 있는 집들이 많았다. 문짝은 떨어져 아무렇게나 마당에 뒹구는가 하면 처마가 내려앉고 마루는 부서져 볼품 사나웠고 개중에는 서까래가 썩어 반쯤 내려앉은 집들도 눈에 들어왔다. 빈집들은 마치 뱀이 벗어던지고 가버린 허물처럼 허허로운 풍경으로 마을을 더욱 을씨년스럽게 만들었지만 감나무마다 열린 풍성한 감들로 인해 그나마 생기가 돌았다.

내가 돌아왔을 때 노인은 밥상을 차려놓고 나를 기다리고 있었다. 산골마을에서 아침 밥맛은 꿀맛이었다. 반찬은 감, 깻잎, 고추, 우엉을 된장에 파묻어 만든 장아찌와 된장찌개가 전부였지만 나는 이보다 더 맛있게 먹어 본 기억이 없을 정도로 노인과의 아침식사는 맛있었다. 감탄 나게 먹는 내 모습에 노인은 안심이 되었던지 내게 말을 던졌다.

"먹을만한가?"

"네, 제 입에 딱 맞습니다."

"자네 입이 서민적이구먼."

"이런 장아찌는 누가 만든 것입니까?"

"나 말고 여기 누가 있어 이런 걸 만들겠나, 우리 집 울타리 안에서 나는 것들로 내가 만든 것이네."

노인의 입가에 웃음이 안개꽃처럼 피어나고 있었다.

"맛있다니 다행이네. 반찬이 입에 맞다면 나랑 감이나 깎으면서 더 지내면 안되겠나? 따놓은 감을 혼자서 깎기에 너무 많은 것 같고… 정 가겠다면 붙잡지는 않겠네만…."

노인이 말하기 전에 나는 이미 마음에 결정을 한 상태였다. 오히려 내가 노인에게 더 머물고 싶다고 말을 할 참이었다. 나는 노인의 얼굴을 바라봤다. 눈빛에 간절함이 느껴졌다.

"딱히 갈 곳이 있는 것도 아니고 하니 어르신께서 거두어 주신다면 겨울을 이곳에서 지냈으면 합니다."

"잘 생각했네. 겨울 지내기가 이곳만한 곳도 없지."

노인은 만족한 듯 큰소리로 말했다.

"마을을 둘러보니 어떻던가?"

"감을 따지 않는지, 나무마다 가지가 휘게 감이 열렸던데, 어르신처럼 곶감을 만드는 집은 못 봤습니다."

"잘 봤구먼, 한땐 곶감을 출하하는 대표적인 마을이었는데 젊은이들이 도시로 떠난 후, 노인들만 남게 되었어, 빈집들 봤지? 거긴 노인들이 떠난 집들이야."

"아, 네 노인 분들이 자식들이 있는 도시로 떠났구먼요?"

"아니야, 죽고 없다는 말이네. 남아있는 노인들도 힘이 부쳐 곶감 만들길 그만두고 시간만을 기다리고 있는 중이지."

'시간만을 기다리는' 것이란 노인의 말이 섬뜩하게 느껴졌다. 그 말은 죽음을 기다린다는 것을 의미했다. 노인은 물린 밥상을 치우고 나서 감이 담긴 바구니를 들고 들어왔다. 열린 방문 가득 청명한 가을하늘이 넘실거렸다.

"여보게, 누구나 시간을 기다리는 거겠지만 가만히 앉아서 기다리는 것하고 무엇인가 하면서 기다리는 것하고 어떤 것이 더 낫다고 생각하는가?"

"후자이지 않겠습니까?"

"그렇지, 그럼 어서 칼을 들게, 감을 깎다보면 정신이 쓸데없는 곳으로 흩어지지 않아."

"어르신, 그런데 시간이 흐르는 걸까요? 아니면 시간은 한곳에 머물고 있는데 우리가 가고 있는 걸까요?"

노인이 잠시 생각하더니 천천히 말을 했다.

"자네는 칼이 감을 깎고 있다고 생각하나, 칼은 가만히 있는데 감이 칼에 몸을 스치고 지나가는 것이라 생각하나?"

"…."

"그런 거야, 무엇이 되었든 결과가 같다면 그것을 운명이라고 해야 하지 않겠나?"

"어르신은 매일 이렇게 감을 깎으면서 지내시는가요? 다른 일은 없구요?"

"정성스럽게 감을 깎다보면 뭔가 느껴질 걸세."

"그게 뭔데요?"

"감 깎는 게 참선하는 것이지, 벽을 바라보고 멍하니 앉아 있는 게 참선이 아냐, 그냥 참선한다 생각하고 감을 깎다보면 얼마만큼의 곶감을 만들겠다는 욕심이 없어지거든."

나는 갈 곳이 마땅찮아서 이곳에 머무는 게 아니라 깨달음을 얻기 위해 있는 것 같았다. 의사가 말한 180일 중에 나흘을 사용하는 일이 노인과 마주앉아 감을 깎는 일이었고 그것은 깨달음으로 가는 참선이었고 또한 운명이라는 것을 고요히 받아들이고 있었다. 노인이 내쫓지 않는다면 오래 동안 이곳에 머물고 싶어졌다.

노인과 나는 한참동안을 말없이 묵묵히 감을 깎았다. 침묵을 깨고 노인이 대뜸 내게 물었다.

"그런데 보리암에는 왜 가려고? 그 암자에는 비구니 혼자 있는데."

"어르신이 보리암을 잘 아세요?"

나는 노인의 말에 반색을 하며 물었다.

"한 시간 쯤 올라가는 거리에 있는데 왜 모르겠는가? 그런데 그곳에 가야할 특별한 이유라도?"

노인이 듣기에는 실없는 이야기로 들릴지 모르지만 나는 자세하게 설명을 했다. 시실리로 가려고 버스를 탔다가 옆자리에 앉아있는 젊고 예쁜 여승을 보고, 가슴이 설레고 쿵쿵거렸던 이유를 설명했다. 나는 전라도 끄트머리에 살고 있는 시인이 쓴 '여승'이란 시를 노인 앞에서 음조리며 다소 장황하게 이야기를 늘어놓았다. 특히 여승의 설움에 진 눈동자와 창백한 얼굴과 수그린 낮달의 포름한 향내라는 싯구에 끌려 자신도 모르게 여승을 따라 버스에서 내려 멀찌감치 거리를 두고 여승을 따라가다가 보리암이라는 이정표에서 뒤돌아서 왔다는 말을 했다.

노인은 내 이야기를 다 듣고 나서 빙긋이 웃으며 말했다.

"그래, 그 비구니를 보니 어떻던가?"

"정면으로 보지는 못했습니다. 머릿속으로 설움에 진 눈동자와 창백한 얼굴을 한 여승일 것이란 상상만 했지요. 그런데 암자에 젊은 비구니 혼자서 있다고요?"

"비구니가 암자에 있지 그럼 어디에 있겠는가? 혼자 있지는 않지."

"네? 아까 어르신께서 암자에 비구니 혼자 있다고 하지 않았나요?"

"왜 혼자야, 부처님이 있지 않은가."

"어르신도 농담할 줄 아시네요. 그게 혼자지요."

"보이는 것만 있다고 믿는 것은 믿음이 없는 것이지 자넨 뭘 믿는데?"

"아, 네 전 특별하게 믿는 게 없어요."

보리암은 설움에 진 눈동자의 여승 혼자서 있는 암자라는 것을 노인을 통해 알게 되었다. 나는 시 속에 소년처럼 언젠가는 여승을 만나야 하고, 그녀로부터 '소승에겐 너무 과분한 적선입니다. 이젠 바람이 찹사운데 그만 들어가 보셔얍지요.' 라는 말을 들어야 한다는 생각을 했다. 그 일만큼은 앞으로 남은 176일 중에 꼭 이루어지고 말거라는 생각이 들었다.

감을 깎는 일은 계속되었다. 나는 처음보다 칼을 다루는 손놀림이 능숙해졌다. 노인은 내게 힘들면 그만 하라고 말했지만 내가 딴전을 피우고 노인 혼자서 감을 깎게는 차마 할 수 없는 노릇이었다. 오히려 감을 깎으면서 노인과 대화를 나누는 것이 책을 읽는 것보다 더 유익했다.

호롱불 아래서의 노인과의 이야기는 집중도를 높였다. 묻고 답하는 것에 그치지 않고 서로의 의견을 개진했다.

"혼자있다보니 말을 잊어버렸나 했는데 자네가 말을 시켜, 혀가 풀렸나 보네. 혹시 내가 쓸데없는 잔소릴 하더라도 흉보지는 말고, 노인이라 그런가보다 하시게."

"별 말씀을 다 하십니다. 한 말씀 한 말씀 귀담아 듣고 있습니다."

"노인 말이 귀담아 들을 것까지 있겠는가마는 그래도 심중에 있는 말들이라 생각하시고 들으면 도움이 되는 말도 있을 걸세."

"어르신, 보리암에 관한 이야기를 해 주시면 안될까요?"

노인은 내 말에 아무런 대꾸도 하지 않았다. 보리암에 관해 내가 묻자 오히려 하던 말을 멈추고 묵묵히 감을 깎았다. 혹시 내 말을 못 들었나 싶어서 다시 물었다.

"어르신, 보리암에는 자주 가시는가 봐요?"

"가끔 다녀오지, 왜, 가보려고?"

"아니요. 산중 암자의 생활이 궁금해서요."

"여기나 거기나 다를 게 없어, 여기서 내가 하는 일은 감을 깎아

곶감을 만드는 일이고 암자에서 중이 하는 일은 목탁을 치며 경을 외우는 것이 다르다고 할까? 아니 다를 것도 없지 내가 감 깎는 일이 목탁 치는 일이고 목탁 치는 일이 감 깎는 일이지, 그게 그거야."

이렇게 말하는 노인의 목소리에서 뭔지 모를 회안이 느껴졌다. 그 말을 하고는 노인은 한동안 아무런 말도 하지 않았다. 나는 보리암에 대해 더 물으려다 말고 노인을 올려다봤다. 노인의 눈가에 이슬 같은 눈물이 맺혀있었지만 나는 호롱불 밑이라 그렇게 보였을 것이라 대수롭게 여겼다. 침묵 속에는 감을 깎는 소리만 소가 여물을 씹는 소리처럼 들려왔다.

내가 깎아놓은 감을 보면서 노인이 물었다. 처음으로 내게 관심을 갖는 것 같았다.

"자넨, 웅달에 돌아앉은 바위처럼 그늘져 보이는데, 무슨 근심이 있으면 다 내려놓게."

"어르신 보시기에 제가 그렇게 보입니까?"

"안 보이면? 상처가 없으면 내가 붙잡는다고 몇 날 며칠을 이곳에 머물면서 감이나 깎고 있겠는가?"

"어르신, 혹시 제가 짐이 되어 하시는 말씀이신지요."

"허어, 이 사람, 노인 곁에 누가 있으려고 하겠는가? 자네랑 이렇게 있는 것이 나는 더 없이 좋기만 하네. 그런데 사람이라는 것이 묘해, 혼자 있으면 사람이 그립고, 같이 있으면 상처를 받기 싶기 십상이거든, 자네가 마을을 가봤잖은가, 텅 비어있는 이유가 상처 때문에 젊은 사람들이 떠난 거지."

"아니, 곶감 만드는데, 무슨…."

"그게 상처야, 할아버지가, 아버지가 만들던 곶감을 자신이 대를 이어 만들고 있다는 현실이 얼마나 큰 상처겠어, 그런데 어딜 가서 뭘 한데도 사는 게 상처인데, 사람들이 몰라."

"저는 상처 때문에 집을 떠나온 게 아니구요. 더 잘 살아보려고 떠나온 건데요."

"그래? 나랑 감 깎고 곶감 말리는 일이 잘 사는 건 아닐 텐데?"

"암요, 감 깎고 곶감 만드는 것 말고, 어르신이랑 이야기 나누는 것이 잘 사는 것인데요."

내 말에 노인 잠시 감동했는지 눈가에 다시 이슬이 고이는 것이 불빛에 보였다.

감골에 머문 지도 어언 한 달이 넘어서고 있었다. 내겐 아직 146일이나 남아있었다. 겨울로 접어드는지 산골마을의 기온은 차갑게 느껴졌다. 어느덧 노란 감들도 붉은 홍시로 변해 있었다. 노인은 말랑말랑한 곶감을 추려 대바구니에 담고 있었다. 마당가에서 홍시를 올려다보고 있는 내게 노인은 큰소리로 말했다.

"눈이 내리기 전에 홍시를 따야 하는데, 오늘은 자네가 해보지 않겠나?"

"어르신께선 어디 가시려고요?"

"눈이 오기 전에 다녀올 때가 있어서, 집 뒤꼍에 감 따는 장대가 있는데 가져다 쓰게."

나는 노인이 시키는 대로 장대를 가져와 감을 올려다봤다. 눈이 부셨다. 티 없이 푸른 하늘에 붉은 감들이 보기 좋게 매달려 대롱거렸다.

노인이 대바구니를 들고 문간을 나가면서 내게 말을 던졌다.

"홍시만 쳐다보면 목이 아파서 나중엔 고개도 들 수 없으니, 한 번 홍시를 따면 한 번은 땅을 내려다 봐야 하네."

내가 노인의 말을 잘 못 들었는가 해서 재차 물었다.

"어르신 뭐라 하셨어요?"

"하늘 한 번 보고, 땅 한 번 보고 하라고."

노인은 문간을 나서자 벌써 바람처럼 멀리 걷고 있었다.

홍시 사이로 끝없이 망망한 하늘이 드러나 보였다. 140여일 있으면 저 하늘로 간다는데 너무 깊어 보였다. 그렇구나, 사람이 죽는 것은 하늘이 너무 깊어 한 번 빠지면 못 나오기 때문이구나. 홍시를 딴 자리마다 푸른 하늘이 무섭게 자리 잡고 있었다.

과거란 써버린 시간이었기에 추억조차도 의미가 없었다. 내게 의미있는 것은 지금 쓰고 있는 시간이었다. 그것이 얼마 남지 않았기에 시간에 비례해서 단순해야 했다. 단순할 뿐 아니라 중요한 일을 해야만 했다. 그 중요함이라는 것이 내겐 버스 옆자리에 앉았던 여승을 만나보는 일이었다. 시 속의 '설음에 진 눈동자며 창백한 얼굴, 수그린 낮달의 포름한 향내'를 확인해 보고 무엇보다도 '너무 애지고 막막해져서 여승의 뒤를 따라 동구 밖까지' 달려갔던 소년의 마음을 느껴보고 싶었다.

나는 홍시를 따서 바구니에 담아나갔다. 하늘이 잿빛으로 변해가더니 노인이 돌아왔을 땐 눈발이 날리기 시작했다. 바구니에 담긴 홍시를 보고서도 노인은 내게 수고했다던가, 많이 땄다던가 하는 칭찬은 하지 않았다. 그는 문턱에 걸터앉아 눈발이 내리는 하늘을 바라보고 있었다.

눈발은 점점 굵어지더니 밤새도록 싸르락싸르락 눈 내리는 소리가 봉창을 사뭇사뭇 두드리고 있었다. 이제 이곳에서 내가 할 일이라고는 없어보였다. 아침에 떠나야겠다는 생각을 하며 잠이 들었다.

밤새 쌓인 눈으로 천지가 온통 백색으로 변했다. 여전히 함박눈이 내리고 있었다. 나는 배낭을 챙겨 메고 노인의 방문께로 가서 인사를 하려는데 내가 떠날 것을 미리 알고 있었던 것처럼 노인은 방문을 열고 밖을 내다보고 있었다.

"가려고?"

"네."

그간 감사했다면 고개 숙여 인사를 하는 내 목덜미에 노인은 털실로 짠 목도리를 씌워주면서 말했다.

"밖이 차가우니, 이거 내 딸 아이가 뜨개질한 것인데 두르고 가시게, 내가 붙잡는다고 갈 사람이 안 갈 것도 아니고 그간 고마웠네."

"제가 고마웠지요. 어르신께 많은 것을 배우고 갑니다."

"여보게, 인생은 결코 시간의 길이에 있지 않다네. 꼭 해보고 싶은 것이 있으면 미루지 말고 해 보시게나."

"네, 건강하십시오."

나는 노인과 헤어져 처음 왔던 길을 되짚어 걸었다. 눈송이가 앞을 분간할 수 없을 정도로 쏟아지고 있었다. 곧 보리암으로 오르는 길과 버스가 다니는 길이 마주치는 삼거리에 다다랐다. 나는 한동안 망부석처럼 그곳에 서서 버스를 타고 시실리를 찾아갈 것인가? 보리암을 찾아갈 것인가를 망설였다.

여승을 만나봐야겠다는 생각이 뇌리에 깊게 자리 잡고 있었고 꼭 해보고 싶은 일은 뒤로 미루지 말라는 노인의 말이 떠올라 나는 보리암이 있는 산길 쪽으로 방향을 잡았다. 산죽이 우거진 사이로 난 좁은 길은 눈이 쌓여 미끄러웠다. 눈길을 뚫고 걸어가자 댓잎에 쌓인 눈송이가 후드득거리며 쏟아져 내렸다. 그것들은 마치 새들이 푸드득거리며 날개 짓을 하는 것처럼 바람에 예민하게 반응했다. 골짝에서 매서운 찬바람이 불어왔다. 나는 노인이 준 목도리를 머리부터 휘감아 목에 둘렀다. 다행히 목도리는 크고 따뜻했다. 목도리가 없었다면 몰아치는 눈보라를 그대로 맞을 수밖에 없었기에 노인이 내게 마음을 써준데 고마움이 느껴졌다. 그보다 정성스럽게 한 땀 한 땀 뜨개질해 목도리를 만든 노인의 딸에게 고마운 마음이 들었다.

보리암은 한 시간쯤 걸어 올라가는 거리에 있다고 들었는데 두어 시간은 족히 걸었는데도 나타나지 않았다. 천지를 분간할 수 없게 내리는 눈 때문이었다. 폭설로 뒤덮인 산은 어디가 길인지 조차 가늠할 수 없었다. 나는 어림잡아 길이겠거니 하는 지형을 따라 걸음을 옮겼다.

세찬 바람은 더욱 거세게 불어왔고 눈보라는 하늘 뿐 아니라 둔덕에 쌓인 눈까지 쓸다시피 비탈로 내몰았다. 거센 눈보라가 앞을 가로 막았다. 눈길은 무릎까지 빠져 발걸음을 떼기조차 어려웠지만 정신만은 이상하리만치 청정함이 느껴졌다.

길을 잃은 것인가? 몇 시간 째 산을 헤매다 보니 서서히 두려움이 엄습해 왔다. 눈 위를 헤매다가 쓰러져 얼어 죽을 수도 있겠다는 생각이 들자 암자를 찾는 일은 생명을 구제하는 일처럼 느껴졌다. 나는 곧 눈앞에 암자가 나타날 것이라고 되뇌며 한 걸음 한 걸음 힘들게 발걸음을 옮겼다. 산속의 기온은 급강하고 콧김 때문에 목에 두른 목도리에 고드름이 맺혀 있었고 손발은 이미 감각을 잃어 마른나무토막처럼 느껴졌다.

눈보라 사이로 얼핏얼핏 건물이 눈에 들어왔다. 추녀 끝에 매달린 풍경이 땡그랑 거리며 요란하게 소리를 내고 있는 것으로 보아 암자가 확실했다. 나는 비틀거리며 걸어가 승방의 문고리를 잡고 흔들었다. 안에서 누군가 문을 열고 눈을 뒤집어쓰고 있는 나를 법당 안으로 맞아들이는 기억을 끝으로 나는 정신을 잃고 말았다.

내가 정신이 돌아왔을 때는 법당에 눕혀진 상태였다. 온몸이 발가벗겨진 상태로 촘촘하게 누벼진 비구니의 잿빛승복에 덮여져 있었다. 나는 꿈인가 해서 잿빛승복 속의 몸을 만져보았다. 꿈이 아니었다. 더군다나 눈앞에는 비로자나불이 실눈을 지그시 감고 누워있는 나를 내려다보고 있었다. 나는 목탁소리와 경을 외는 소리가 나는 쪽을 향해 누운 상태에서 고개를 돌렸다. 여승이 불상을 향해 가부좌를 틀고 앉아 '고랑이 깊은 음색'으로 염불을 외우고 있었다. 나는 일어날 수 있었지만 한참동안을 그대로 누워 염불하는 여승을 올려다보고 있었다. 그리고 드디어 나는 싯구에 있던 '설움에 진 눈동자와 창백한 얼굴'을 보게 된 것이다. 어디에선가 '수그린 낯달의 포름한 향내'가 느껴졌다. 덮고 있는 잿빛승복에서 나는 냄새 같기도 하고 염불을 하고 있는 여승에게서 나는 냄새 같기도 했지만 그 '포름한 향내'를 좀 더 느끼고 싶어서 콧구멍을 크게 열고 숨을 깊게 들이켰다.

어느덧 여승이 내게 다가와 합장하며 차분한 음성으로 말을 했다.

나는 '열에 흐들히 젖은 얼굴'을 하고 그녀를 바라봤다.

"이제 정신이 드셨는지요."

내가 잿빛승복으로 벗은 웃통을 가리고 윗몸을 일으켜 앉으며 고개를 숙여 인사하면서 보니 머리맡에는 노인이 준 목도리가 곱게 접혀 있었다.

"젖은 옷은 법당에 걸어 말리고 있으니 불편하시겠지만 잠시만 승복을 걸치고 계시지요."

여승의 말투는 너무나 차분해서 마치 경을 외우는 것처럼 느껴졌다.

"처사님께서는 어찌하여 이 외진 곳까지 오시게 되었는지는 모르지만 비로자나불 부처님께서 이곳으로 인도하셨다 생각되어 비구니 암자의 법당에 처사님을 받아드렸습니다."

"…."

"처사님의 온몸이 불화로처럼 뜨겁고 열이 내리지를 않아서 부득이 처사님의 옷을 벗길 수밖에 없었습니다. 열이 내리고 정신이 드는가, 했더니 자꾸만 헛소리를 하셔서…."

"헛소리라니요."

"얼마나 남았느냐고 자꾸만 같은 소릴하셨답니다."

"그래서요?"

"그러더니 다시 정신을 놓아 버리셨는데, 이번에는 몸이 얼음장처럼 차가워지더니 온몸을 사시나무가지처럼 떨어서 소승이 어찌할 바를 몰라 부처님께 자비를 빌었답니다. 부처님께 찾아온 중생을 부디 살려달라고요."

"…."

"보시다시피 법당은 불을 넣지 않은 냉방이고, 떨고 있는 처사님의 얼굴은 흰 대리석처럼 변하고 입술은 푸른빛이 감돌았지만 처사님의 몸을 녹일 방도가 없어 막막하기만 했습니다. 소승은 최후의 방법으로…."

최후라는 말에 어떤 비장한 다음 말을 기다리는 나는 갈증이 느껴졌다.

"삼라만상의 생성과 소멸을 관장하는 비로자나불 부처님께서 속된 부끄러움을 버리고 처사님을 구제하라는 깨달음을 주셨기에 소승의 벗은 몸의 열기로 처사님의 몸을 녹였습니다. 소승이 비록 출가한 몸이오나 사내의 살을 맞대고 누워있기로 일시에 오만가지 속된 생각들이 떠올랐지만 대자대비하신 부처님의 면전에서 단지 처사님께 화로의 소임을 다하였사옵니다. 나무아미타불."

나는 여승의 이야기를 들으면서 번개처럼 뇌리를 스치는 생각을 움켜잡았다. 그래, '수그린 낮달의 포름한 향내'는 잿빛승복에서 나는 냄새도 염불을 하는 여승에게서 나는 냄새도 아닌 비로자나불의 화신인 비구니의 살 냄새였다는 확신이 들었다.

"처사님, 한 가지 풀리지 않은 궁금증이 있사온데 여쭤 봐도 되겠는지요?"

나는 '설움에 진 눈동자'를 바라보며 말씀을 하시라는 허락의 의도로 합장을 해 보였다.

"처사님이 목에 두르고 있던 목도리는 어디에서 난 것인지요?"

"아래 감골 노인에게서 받은 것인데요. 왜요?"

"낯이 익어 찬찬히 살펴봤더니 제가 뜨개질한 것이 확실해서 여쭤봤습니다."

"아니, 노인 말씀은 딸아이가 만든 것이라고 하던데요? 그럼 스님이…"

"네, 제가 그분의 딸아이, 맞습니다."

그러고 보니 비로자나불 앞에 놓인 곶감 바구니가 눈에 들어왔다. 노인이 말랑말랑한 곶감을 골라서 담던 대바구니가 분명했다.

"그 분이 아버지였다니 놀랍기만 합니다."

"인연이란 억겁을 돌아서 온다는데 우리가 그렇군요. 나무아미타불 관세음보살."

여승의 이야기로는 출가하여 보리암으로 온 지가 십 수 년이었는데 늘 딸을 애잔하게 여기던 늙은 아버지가 보리암에 오르는 갈림길이 잘 보이는 곳에 있는 빈집을 한사코 고집하며 그곳에서 사신다고 했다. 그는 딸이 혼자서 지내는 암자에 못된 남정네라도 접근하지 않을까 염려해서 그곳을 떠나지 않고 암자를 오르내리는 사람들을 살펴보는 것이 일과라고 했다. 그러고도 딸이 안 잊혀 간간히 장아찌 같은 절간의 밑반찬을 해오기도 하고 곶감이나 홍시를 놓고 간다고 했다.

나는 여태 벌거벗은 몸에 잿빛승복을 두르고 앉아 저녁예불을 드리는 여승을 바라보고 있었다. '나는 너무 애지고 막막하여져서' 여승의 목탁소리에 마음을 실어 보려고 눈을 감아보았다.

"처사님, 괜찮으시다면 저녁공양은 곶감으로 드시지요? 마땅히

불도 짚일 수가 없어서요."

여승이 불상 앞에 오른 대바구니에서 곶감 몇 개를 꺼내왔다.

"헛소리긴 하지만 얼마나 남았냐고 자꾸만 묻던 처사님의 모습이 마음에 걸리는군요. 혹시 무슨 연유라도 있으신지요?"

"아, 그게 의사 말로는 6개월 밖에 못 산다고 해서 날마다 사용해버린 날짜를 셈하고 있던 터라 그런 빈말을 했나 봅니다."

"무아라고 들어보셨는지요. 그 보다 불자들이 흔히 말하는 색즉시공 공즉시색은 들어 보셨겠네요. 색이 공과 다르지 않고 공이 색과 다르지 않으며, 색이 곧 공이요 공이 곧 색이다는 뜻인데 한 마디로 말하면 세상의 모든 보이는 실체가 실제는 존재하지 않는 것이지요.

무아라는 뜻도 내가 존재하지 않는다는 의미지요. 나무관세음…."

나는 여승의 '설움에 진 눈동자'를 우두커니 보라보며 내용보다는 '고랑이 깊은 음색'을 마음 밭에 소중하게 새기고 있었다.

"실체가 없으니 길고 짧은 것도 없지요. 생멸은 계속 반복해서 일어나지만 그 또한 의미가 없지요. 처사님이 얼마 뒤에 죽는다고요? 삶과 죽음의 경계조차 모호한데 그게 무슨 의미가 있겠어요."

촛불을 밝힌 법당에서 나는 여승으로부터 알 듯 말 듯한 이야기를 듣고 있었다. 밖에는 여전히 눈발이 내리고 있고 법당 안의 설렁한 바람이 걸어둔 젖은 옷을 말리고 있었다.

날이 밝았다. 언제 눈이 내렸느냐는 듯 밝은 햇살이 법당마루를 길게 드리우더니 비로자나불 부처님 발치에 멈춰 있었다.

나는 그곳을 떠나려 법당 앞에 서서 열린 문으로 보이는 비로자나불 부처님께 합장을 하고 돌아서는데 여승이 내 목에 목도리를 감아주면서 '우는 듯 웃는 듯한 얼굴을 지어보이며' 내게 마지막 인사를 했다.

"처사님, '바람이 찹사운데 그만 들어가 보셔얍지요'"

'그 뒤로 나는 여승이 우리들 손이 닿지 못하는 먼 절간 속에 산다는 것을 알았으며 이따금 꿈속에선 지금도 머룻잎 이슬을 털며 산길을 내려오는 여승을 만나곤 한다'는 '여승'의 마지막 싯구를 이루었다는 생각에 내 짧은 생은 더 이상 여한이 없을 것만 같았다.

2 살루메가 있는 방

2

 K와 경자는 61번 마을버스에서 내려 언덕 위에 있는 민들레아파트를 향해 걸어갔다. 앞서가는 경자의 틀어 말아 올린 머리모양을 보면서 K는 오목눈이 새둥지를 생각했다. 경자는 앞서가면서 오목눈이 새처럼 뭔가를 혼자서 중얼거렸다. 불평이었다. 갑작스럽게 학교를 그만두면 자기보고 어쩌란 말이냐고 짜증을 냈다. K가 대학을 관둔 것은 자의가 아니라는 것을 알면서도 경자는 여전히 불평을 했다.
 아파트 각진 모서리들이 오월의 푸른 하늘에 상처를 내고 있었다. 민들레아파트는 도시빈민을 위해 시에서 건설한 시영아파트 단지인데 이름이 촌스럽다고 주민들이 들고 일어나자 시 당국에서 민들레아파트란 이름 대신에 덴더라인 파크란 이름으로 바꿔줬는데 지금 한창 아파트 벽면에 이름을 지우고 새로 쓰느라 페인트공이 외줄에 매달려 있었다.

K는 아파트를 바라보았다. 모든 것이 사각형인데 아파트 사이에 불쑥 나와 있는 삼각형이 유독 눈에 거슬렸다. 교회 종탑이었다. 그는 버릇처럼 종탑의 밑변과 높이와 양 끝 각을 계산했다. 높이는 밑변 곱하기 $tan\alpha+tan\beta$분의 $tan\alpha tan\beta$이고, 넓이는 2분의1밑변2승 곱하기 $tan\alpha+tan\beta$분의$tan\alpha tan\beta$이니까… 그러니까 저건 쉬운 사각형의 공식을 속이려는 비열한 수작이 분명해, 그렇지 않고는 사각형 구도 속에 삼각형이 들어설 이유가 없어, K가 그런 생각을 하고 있는데 경자가 뒤돌아보며 말했다.

"여보, 약은 제 시간에 꼭 챙겨먹으세요. 밑반찬은 제가 가져오든지 택배로 보낼 테니 당분간 혼자 지내봐요."

K는 경자의 하나마나한 말을 귓등으로 들으며 외줄에 매달려 있는 페인트공을 올려다봤다. 사내는 덴더라인 파크라는 고딕체의 한글 아래 Dandelion Park이라는 영문자를 쓰고 있었다.

"당신은 평소에 말끝마다 자유인이 되겠다고 했는데 잘 되었네요."

K는 여전히 페인트공을 바라보며 중력에 관해 생각하고 있었다. 질량을 가진 두 물체 사이에는 서로 잡아당기는 인력이 작용

하고, 이 힘은 두 물체의 곱에 비례하고 두 물체 사이의 거리의 제곱에 반비례하지, 저 사내가 떨어지지 않는 건 중력을 한쪽으로 배분한 결과이기 때문이지.

K는 목적지인 108동 앞에 서서 8층인 꼭대기 층을 올려다봤다. 아까까지 없었던 구름 한 점이 그를 내려다보고 있었다. 경자는 K가 엘리베이터를 타지 않고 걸어 올라갈 것이라는 것을 알고 있었다. 그녀는 굳이 남편을 따라 8층까지 걸어 올라갈 이유가 없었다.

"여보, 월세는 걱정하지 마세요. 의사 말대로 조용한 곳에서 쉬는 것이 좋지 않겠어요? 좀 외지기는 해도 여기처럼 조용한 곳이 없어요. 당신이야 외출할 일이 없으니 외졌다고 불편할 건 없을 테고… 잘 지내세요."

K는 고개를 끄덕였다. 경자는 K의 손에 아파트 열쇠를 쥐어주고는 올라왔던 언덕길을 총총걸음으로 내려가기 시작했다. 새 둥지처럼 틀어 올린 그녀의 머리가 빠른 걸음에 좌우로 흔들거렸다. 언덕길 좌우에는 미처 보지 못했던 개나리가 질식할 정도로 만발해 있었다. 경자는 짐을 벗어버린 시원한 기분이 되어 개나리 꽃길을 걸어 내려갔다.

K는 천천히 계단을 오르기 시작했다. 직립인간의 걸음 폭에

맞춰 만들어진 계단이 자신의 오름으로 받는 하중을 계산해 보려하다가 중간에서 페인트공과 마주쳤다. 온몸이 페인트로 칠갑을 한 사내가 엘리베이터를 이용하지 않고 걸어 내려오는 이유가 궁금해서 K가 그에게 물었다.

"승강기를 이용하지 않고 왜 걸어 내려오십니까?"

"고소공포증이라서요."

그가 대답하며 스쳐지나갔다. 그가 먼저 K에게 승강기를 이용하지 않고 왜 걸어 올라오느냐고 물었다면 K역시 '공황장애라서요'라고 답했을 것이다. K는 고소공포증이 있는 사내가 외줄을 타고 고공에 매달려 페인트칠을 하는 것을 이해할 수 없었다. 다시 하중을 생각하는 순간, 그렇구나. 계단은 자신이 밟는 순간 65kg의 하중을 받는데 사내는 고소공포증이 있으면서도 그 직업을 떠날 수 없는 이유가 외줄 끝에 매달린 가족 때문일 것이리란 생각이 들었다. 그가 받는 하중을 생각하니 참을 수 없는 존재의 가벼움이 바로 자신이라는 자책감에 미안한 마음이 들었다. 계단 위에 난 작은 창문으로 교회 종탑이 보였다. 문득 온 인류를 위해 태초부터 매달려 있는 하느님이 얼마나 위험에 처해 있는가 생각되었다.

K는 849호 현관문의 열쇠구멍에 아내가 쥐어준 열쇠를 밀어넣

었다. 그는 한 발짝 현관 안으로 들어섰다. 들어서면 곧장 주방이 있고 그 앞에는 욕실 겸 화장실이 있고 그리고 안방이 전부였다. 집은 작았지만 냉장고, 세탁기, 청소기 그리고 침대 외에는 아무 것도 없었기 때문에 혼자 사는 데는 하등 지장이 없어 보였다.

방안에 티비 수상기나 라디오는 공황장애에 나쁜 영향을 준다며 경자가 처음부터 들여놓지 않았다. 주방에는 1인용 압력밥솥과 프라이팬, 주방용 칼과 숟가락 젓가락 한 벌, 그리고 국그릇과 밥그릇과 접시 몇 개와 물컵이 놓여 있었다. 이 모든 것은 경자가 K를 위해 새로 마련한 집기들이었다.

K는 냉장고를 열어 보았다. 가장 위쪽 칸에는 김치와 장아찌와 멸치볶음과 단무지와 같은 반찬거리가 가지런히 놓여 있었고 중간 칸에는 계란과 치즈, 맨 아래 칸에는 사과와 귤이 담겨져 있었고, 냉장고 문에는 우유와 참기름과 양념이 있었다. 냉장고 옆에는 1리터 들이 생수가 담긴 마흔여덟 개의 플라스틱 병이 묶음인 채로 정확히 48리터의 생수가 놓여 있었다.

안방에는 두꺼운 커튼이 쳐져 있어 일부러 열기 전에는 밖을 내다볼 수 없었다. 이것 역시 공황장애가 있는 K를 위한 경자의 배려였다.

그는 침대에 벌렁 몸을 던졌다. 이 적막함 속에 그가 할 일이라고는 무엇인가 생각을 하는 것, 생각의 밑바닥이 들어나면 그 생각의 밑바닥을 다시 생각하는 일이었다. 이럴 때 K에게는 '골똘하다'는 형용사가 자신을 표현하는 데 제격이란 생각이 들었다. 그는 천천히 그 낱말의 문을 열고 들어갔다.

그날, K는 교수회의에 늦었다. 9층에 있는 회의실까지 걸어 올라가는 데 무려 20분이 걸렸다. 1층에 회의실이 있었다면 하등 늦을 이유가 없었는데 하필 9층이라서 어쩔 수 없이 늦었다. 그가 승강기를 이용할 수 없는 이유는 공황장애 말고는 없었다. 승강기처럼 밀폐된 공간은 숨을 쉴 수가 없고 어지러워서 도저히 서 있을 수조차 없었기 때문에 걸어 올라갈 수밖에 없었다.

교수회의 안건은 사립대학 운영난으로 인한 인문계열 학과의 폐과에 관한 내용이었다. 젊은 교수들은 전전긍긍했고 K도 그 중 한 명이었다. 그러나 이사장이 그를 부른 것은 폐과하고는 관계 없는 일이었다. 누군가 이사장에게 보낸 투서로 인한 것이었다. 그렇다고 그 투서가 근거가 전혀 없는 모함이라고 볼 수도 없었다.

강의실은 11층이었고 K가 강의 중에 그 일이 있었던 것도 사실이었다. 그날은 하늘이 너무 푸르러 자신도 모르게 창가로 다가갔고 그러지 않았어야 했는데 그가 밑을 내려다보는 순간 공포에 휩싸였다. 허공이 온통 진공상태가 되어 자신을 빨아들이려고 했다. K는 창에서 떨어지지 않으려고 죽을힘을 다해 난간을 붙잡았다. 그의 얼굴은 창백했으며 식은땀을 뻘뻘 흘리며 고통스러워했다. 난간을 움켜잡고 혼자서 몸부림치는 K를 학생들이 멍하니 바라보고 있었다. K는 애들아 나 좀 구해줘, 하고 소리를 외쳤지만 그 소리는 목청이 아닌 부들부들 떨고 있는 발바닥이 소리를 지르고 있었다. 그는 온몸에 힘이 빠져나가고 곧 숨이 멈출 것만 같았다. 앞자리에 있던 학생이 그에게 다가와 말했다.

"교수님 왜 그러세요?"

학생이 난간을 움켜쥔 K의 손을 붙잡고 말했다. 후유, 살았구나. K는 안도감이 들었다.

"어디 아프세요? 얼굴빛이 좋지 않군요. 응급차를 부를까요?"

"아 아니, 그럴 필요는 없어, 고맙네."

K의 이런 행동을 학생들은 이해할 수 없다는 눈빛으로 바라봤다. 그는 얼굴에 흘러내리는 식은땀을 닦으며 오늘은 강의를 여기에서 마치겠다고 했다.

이사장이 입을 열었다.

"K교수, 본관 게시판에 붙어있는 대자보 봤소? K교수의 강의 태도가 무성의하고 부실하다며 학교 측에 학비를 되돌려 달라는 내용인데 알고 있소?"

"아직 못 봤습니다."

"그건 나가면서 읽어보면 되고, 그것 말고도 투서가 들어왔어요. 학교의 중요한 일을 의논하는 자리에도 성의가 없고… 도대체 당신이 우리 학교 교수, 맞긴 한 거요?"

"죄송합니다."

"어떻게 책임을 지겠소? 지금 학교사정이 어려워 직원들 월급조차 주기 어려운 판에 문제를 일으켜서야… 나 원 참, 이야기 해 보시오."

"저라고 학교에 왜 애정이 없겠습니까? 최근에 공황장애가 심해져 어려움을 겪고 있습니다만 강의를 못할 정도는 아닙니다. 저도 충실하게 강의준비를 해왔고, 누구 못지않게 연구논문도 발표했습니다."

"공황장애라 했소? 혹시 학교로 인해 공황장애가 생겼다고 생각하지는 않지요?"

이사장이 빤히 K를 노려보다시피 바라봤다. K는 손사래를 치며 급하게 대답했다.

"아 아닙니다."

"공황장애를 가지고 애들을 가르칠 수는 없는 것 아니요?"

이사장의 이 말이 화살처럼 날아와 심장에 꽂혔다. K의 손발이 몹시 떨리기 시작했다. 학생들을 가르칠 수 없다? 그는 숨이 가빠지면서 금방 숨이 멈출 것만 같아 이사장의 책상 모서리를 꼭 잡았다.

"여긴 학교지 병원이 아니란 말이오. 당신이 가야할 곳은 바로 병원이지 대학이 아냐. 저래 가지고 무슨 교수를 한답시고…."

K는 가까스로 붙들고 있던 책상에서 몸을 떼고 뒤돌아서 몇 걸음 옮기다가 어지러워 휘청거렸다. 공중으로 붕 떠오르는 느낌이었는데 그대로 쓰러졌다. 그는 심하게 경련을 일으켰다. 얼굴이 돌아가고 입에서는 거품이 품어져 나왔다. 그때까지 의자에 앉아있던 이사장이 일어나 뭐라고 말하는 것 같았는데 K는 필름이 끊긴 상태로 더 이상 기억할 수 없었다.

이사장은 비서실을 향해 급하게 소리쳤다.

"박 실장, 박 실장, 빨리 응급차 불러."

비서실장이 놀라서 이사장실로 뛰어 들어왔다. 그는 쓰러져 있는 K를 황급하게 일으켜 세워 보려 했지만 기절한 상태의 K는 축 늘어져 있었다. 곧 인근 소방서에서 온 구급차가 사이렌을 울리며 교정으로 들어서고 있었다.

"에이, 재수가 없으려니까."

K가 실려 가는 구급차를 내려다보면서 이사장은 못마땅한 듯 투덜거렸다.

이 일로 인해 학교를 그만둔 것에 관해 K는 아무도 원망하지 않았다. 학생이 없어 폐과가 되면 어차피 관두게 될 것인데 미리 그만두는 것도 나쁘지 않다고 그는 자신을 위로했다. 미련은 추호도 없었다. 그는 연구 자료와 도서를 연구실에 그대로 두고 나왔다. 나오면서 연구실 문에 '필요한 분은 허락을 받을 필요 없이 누구나 가져가도 됨'이란 쪽지를 붙이고 나왔다. 오히려 홀가분했다. 그 방에 있는 강의 자료를 포함해 많은 것들은 자신에게 짐스런 것들이었다. 마음이 가벼우니 몸도 가벼웠다.

학교를 관두고 집에 오자 경자는 펄쩍 뛰었다. 무책임하고 대책이 없는 남자라며 몰아세웠다. 산 입에 거미줄 치겠냐고 응수했지만 경자는 습관처럼 구시렁거렸다. 명퇴한 선배 중 누군가가 집에서 한 달 버티면 도인이고 두 달 버티면 성인이 된다고 했던 말이 기억났다. 실업자로 같은 공간에 아내와 있다는 것은 지루함이 문제가 아니고 답답함이었다. 경자가 먼저 포문을 열었다. K를 향해 당신의 존재 자체가 내겐 스트레스라고 소리 질렀다.

담당의사가 조용한 곳에서 요양하는 것이 좋겠다고 말하더라고 K가 말했더니 경자의 얼굴에 갑자기 화색이 돌았다. 그리고 경자가 앞장서 임대할 변두리 아파트를 알아보고 다녔다. 결국 월세 40만원에 7평 규모의 민들레아파트에 들어오게 된 것이다.

경자는 K에게 자유롭겠다고 말했지만 정작 자유로운 사람은 경자 자신이었다. K가 학교를 떠날 때 짐을 벗어버린 것 같은 시원함을 느꼈듯이 경자 역시 K를 민들레아파트에 내려주고 갈 때 같은 감정이었다. K는 경자가 자신을 두고 노란 개나리가 만발한 언덕길을 내려가던 모습이 떠올랐다. 영락없이 꽃 사이를 유영하는 나비였다. Madame Butterfly! 그는 침대에 누운 채로 소리를 내서 웃었다.

약을 먹고 나면 잠이 쏟아졌다. 의사가 사회불안장애와 강박장애가 있다고 했을 때도 K는 대수롭지 않게 생각했다. 불안정한 사회에 살고 있는 사람치고 불안하지 않은 사람이 어디 있으며 개인의 자유를 억압하고 있는 온갖 법규와 제도와 관습에 압박감을 받지 않는 사람이 몇이나 되겠는가. 단지 자신은 이들에 비해 마음이 유약할 뿐이라 생각했다. 경자는 K가 영화를 보면서 홀쩍홀쩍 우는 모습이 순진하게 보여서 끌렸다고 말하지 않았던가.

의사는 우울증치료제인 자낙스와 시타프잠정을 처방해 주면서 약을 끊지 말고 먹어야 된다고 말했다. 특히 공황장애가 심해지면 비현실을 현실로 인식하게 되며 자신의 그릇된 생각을 믿고 행동에 옮기는 경향이 있다며 조심을 당부했다.

약을 먹으면 잠에 취했다가 몽롱한 상태로 깼다. 7평의 공간이 마치 우주를 떠도는 캡슐처럼 느껴졌다. 이 캡슐이 K에게는 우주였다.

K는 무료함을 달래기 위해 방의 이쪽에서 맞은편 벽면까지 대각선 길이를 풀어봤다. 옆집 848호와의 경계벽면을 a라 하고 창문 쪽을 b라 하고 맞은편 벽을 c라 할 때 대각선 길이는 $\sqrt{a^2+b^2}=c^2$겠군. 그는 생각보다 방의 한쪽 변이 길다고 생각했다.

지난 한 달 동안에 경자는 딱 한 번 다녀갔다. K라는 존재를 확인이라도 하는 듯 냉장고를 열어보고 아직 반찬이 많이 남았다며 돌아갔다. 그녀가 돌아가기 전 K는 경자를 관찰해 보았다. 머리를 짧게 자르고 파마를 한 것 말고는 변한 게 없었다. K는 경자에게 개나리꽃이 아직 피어 있냐고 물어봤어야 했는데 물어보지 못한 것을 후회했다.

금방 왔다 돌아가는 경자가 마치 푸드득거리며 열린 창문을 통해 날아가 버린 새 같았다. 캡슐을 빠져나가 돌아오지 않은 노아방주의 새 같았다. 오, 자유새 Free Bird!

오랜만에 햇빛이 보고 싶었지만 K는 커튼을 열지 않았다. 그는 온몸의 촉수를 세우고 자신이 존재하고 있음을 세계와의 교감을 통해 확인하려 했다.

옆집에 누가 이사를 오나보다. 848호 창문에서 이삿짐이 올라오는 고가사다리의 도르래 소리가 들렸다. 이삿짐이 집안으로 들어와 제자리에 놓이는지 인부들의 떠들썩한 말소리가 벽을 넘어왔다. K는 그들의 소음이 60~70데시벨은 넘겠다고 생각했지만 참을 수 있는 수준이었다. 인부들이 인사를 하고 가는 소리가 들렸다.

"엄마, 지금 이사 끝냈어요. 걱정하지 마세요. 호호 저 어린애 아니잖아요."

아침 나팔꽃 잎에 맺힌 이슬방울처럼 맑은 목소리가 벽을 관통해 들려왔다. K는 848호 쪽 벽면에 귀를 바짝 붙이고 90데시벨을 넘나드는 여자의 목소리에 귀를 나발통처럼 열고 조심스럽게 주파수를 맞추었다. 여자의 미세한 음성이 붙잡혔다.

"네, 네, 엄마, 옆집이 비어 있는지 조용하네요."

무슨 아파트가 이 모양이지? 벽이 있으나마나네. 숨소리까지 다 들리니 벽이 아니고 그냥 가리개네. K는 이웃 간 방음이 되지 않는 부실시공을 불평하는 건 아니었다. 오히려 하루하루가 너무나 무료하던 차에 848호로 이사 온 젊은 여인의 목소리는 마른 땅을 적시는 단비와도 같이 달콤했다. K는 평소 신을 믿지 않았지만 그녀를 848호로 인도해 주신 신께 감사했다.

살루메가 있는 방

대게 아파트 구조가 그렇듯 옆집과는 벽을 사이에 두고 안방과 화장실과 주방이 붙어 있었다. 848호 안방 침대와 849호 안방 침대는 한 뼘도 안되는 벽을 사이에 두고 붙어 있고 욕실이나 주방 역시 마찬가지였다.

벽만 없으면 (7×3.3058)+(7×3.3058)=46.2812m²이지 않은가. 담당의사가 한 말이 생각났다. 비현실을 현실로 인식한다는데 현실을 비현실로 변환할 수 있겠다는 생각이 들었다. 그렇지, 벽도 밀면 문이 된다는 말이 있어. 확신을 가지고 밀어보는 거야.

여자가 기분이 좋은지 노래를 불렀다. 물망초 꿈꾸는 강가를 돌아 달빛 먼 길, 님이 오시는가, 갈 숲에 이는 바람 그대 발자췰까 흐르는 물소리, 님의 노래인가 내 맘은 외로워…, 성악을 전공했나? 정말 천상의 목소리였다. 아 인사를 해야지. 그는 벽 쪽으로 다가갔다. 믿음만 있으면 불가능할 것이 없지. K는 벽을 쓰다듬었다. 그리고 천천히 벽을 밀었다. 그리고 정중하게 인사를 했다.

"저는 한 달 전에 이사 온 K라고 합니다."

풀물에 배인 치마 끌고 오는 소리… 내 질문이 여자의 노래를 방해했으려나? K는 미안한 생각이 들었다. 이름이 아무려면 어떠랴. 틀림없이 당신은 미모와 지성을 갖춘 루 살루메 같을 거야.

아, 맞다 살루메, 이렇게 생각하는 순간, 여자가 대답했다.

"호호호 저는 살루메예요."

여자가 냉장고 문을 열고 음료수를 꺼내들고 식탁에 앉았다. K는 얼른 냉장고를 열어 음료수를 꺼냈다. 벽의 문이 열린 식탁에서 둘이는 마주하고 앉아 다정하게 음료수를 마셨다.

"혼자 살기에는 적당한 것 같아요. 그죠?"

"하하하 벽을 밀면 14평이나 되는 공간인데요. 그것보다 시내까지 출근하기엔 좀 먼 거리인데 불편하지 않겠어요?"

"여기보다 월세가 싼 곳을 찾긴 어려워요. 불편은 생각하기 나름예요. 아저씨, 까르페디엠이란 말 들어보셨죠? 변두리면 어때요, 어디서든 즐겁게 살면 그만이죠."

말을 하면서 여자가 사과를 깎기 시작했다. 사과껍질이 끊어지지 않고 그녀의 손끝에서 뱅글뱅글 돌며 탁자 위로 내려왔다.

"살루메, 당신의 말이 옳아요. 현재를 즐겨야죠. 생각이 같아서 반가워요."

Nice to meet you Salome!

K는 무릎을 쳤다. 드디어 릴케를 터득한 것이다. K는 새로운 발견에 너무나 기뻤다. 바로 릴케가 루 살루메에게 보낸 연시를 K는 지금 자신이 이루고 있다는 생각에 가슴이 벅찼다.

살루메가 있는 방

K는 848호 벽에 이마를 대고 릴케의 시를 노크하듯 읊었다.

'눈을 감아도 나는 당신을 볼 수 있어요/ 내 귀를 막아도 나는 당신의 음성을 들을 수 있어요/ 발이 없어도 당신에게 갈 수 있어요/ 입이 없어도 당신을 부를 수 있어요/ 내 팔을 꺾어도 당신을 안을 수 있으며/ 내 심장이 멈춰도 내 뇌가 당신을 그리워할 거예요.'

그 상태로 K는 여자에게 말했다.

"나의 살루메여, 지금 나는 당신을 보고 있어요. 어깨까지 찰랑거리는 당신의 검은 머리칼은 파도에 젖은 해초처럼 찰지고 윤기가 나는군요. 쌍꺼풀 없이 야무진 눈꺼풀 속에 자리 잡고 있는 빛나는 눈동자는 신비로운 깊은 샘 같아서 빠져버릴 것만 같아요. 오뚝하면서도 얼굴 전체를 조화롭게 균형을 잡고 있는 콧대, 귀걸이를 하기에 알맞게 귓불이 살아있는 귀, 잘 익은 보리수 열매처럼 도톰한 입술, 천도 복숭앗빛 볼과 사슴처럼 매끈하게 긴 목, 금방이라도 윗 단추가 풀어져 버릴 것 같은 풍만한 가슴을 나는 보고 있어요."

K는 그녀와 함께 있다는 것으로 안도감이 들었다. 그녀와의 사이에 있는 벽은 문제가 되지 않았다. 생각하기 나름이었다. 벽은 언제나 밀면 문이 되었다. 그러나 단 한 번도 여자가 있는 공간

에 들어가 본 적은 없었다. 벽을 밀고 K는 자신의 공간에서 여자와 대면했다.

"Good morning Salome!"

여자가 출근하는 것이 분명했다. 이제부터 K가 할 일이란 그녀가 퇴근하기를 기다는 것 말고는 없었다. 아마도 그녀는 샛노란 원피스를 입고 있을 것이다. 그녀가 버스를 타기 위해 언덕길을 걸어가면 뭇 사람들의 시선이 화사한 차림의 그녀에게 쏠릴 것이다. 그녀는 그들에게 미소로 인사를 대신하여 자신에게 보내준 눈길에 보답할 것이다. 그녀가 어깨에 걸친 핸드백에는 약간의 현금과 카드, 스마트폰, 루주와 파운데이션과 휴지와 물티슈, 입 냄새를 없애기 위한 가글, 머리끈과 작은 수첩, 치약, 칫솔과 꽃무늬 손수건, 생리패드가 들어 있을 것이다. 무슨 일을 하지? 오 살루메, 당신이 소설원고를 들고 출판사를 찾아다니고, 심리학자와 철학자를 만나고 다닌다는 것을 깜박 잊었군. 개중에는 젊은 시인도 있었지, 하마터면 쓸데없는 것을 물어볼 뻔했어.

주로 낮에 K는 약에 취해 잠을 잤다. 그에게 낮과 밤은 의미가 없었다. 잠이 오면 자고, 깨어 있으면 전두엽에 쌓여 있는 기억의 창고에서 무엇인가를 끄집어냈다. 코키토 에르고숨, 생각함이란 존재를 확인하는 일이다. 이보다 더 중한 일이 어디 있단 말인가.

K에게 이보다 더 행복한 삶은 없었다. 공황장애? 그게 뭔데, 삶이 만족하면 됐지, 비현실이 현실로 느껴진들 무슨 상관이야, K는 자신이 강의했던 물리학이란 것도 알고 보면 현실성이 없는 세계라는 생각이 들었다. 약에 취해 있어서는 안 되지, 맑은 정신으로 살루메를 대면해야 하지 않을까? K는 약봉지를 들고 화장실로 갔다. 그는 변기에 자락스와 시타프잠정과 위장약을 쏟아 붓고 물을 내렸다.

현관을 걸어오는 하이힐의 경쾌한 소리가 848호 앞에서 멈춰 섰다. Yahoo! Good afternoon Salome! K는 자리를 박차고 일어났다. 밖에서 좋은 일이 있었던지 여자는 콧노래를 흥얼거렸다. 듣기 좋았다. 콧노래는 비강을 울려서 내는 소리로 콧대 밑에 충분한 공간이 있어야 저처럼 맑은 소리를 낼 수가 있지. Wonderful Salome!

쌀을 씻는 소리가 들렸다. K는 냉장고에서 반찬을 꺼내 식탁에 올려놨다. 얼마 있다가 의자의 마찰음이 들렸다. 여자가 앉기 위해 식탁 밑에 있는 의자를 빼내면서 나는 소리가 분명했다. K는 벽을 열고 식탁에 앉았다. 둘이는 서로 마주 앉아 묵묵히 저녁식사를 했다. 음식이 들어갈 때마다 예쁘게 열리는 여자의 두툼한 입술을 K는 바라보았다. 음식을 복스럽게 먹는 여자가 잘 산다는 말이 생각났다. 식사가 끝나자 K는 벽을 닫았다. 누구에게나 프라이버시가 있는 법이지. 그래, 살루메여, 편히 쉬어요.

 여자가 샤워를 하는지 물소리가 났다. 마침 K도 씻으려던 참이었는데 잘 되었다는 생각이 들었다. 뭐 단둘인데 어때? 그는 홀라당 옷을 벗어 침대 위에 내던지고 욕실로 들어갔다. 여자는 샤워기를 틀어 놨는가 보다. K는 샤워기를 틀고 천천히 여자가 있는 벽을 열었다. 좁은 벽은 가볍게 열렸다. 따뜻한 수증기로 자욱했다.

 미역타래처럼 물에 젖은 머리칼 위로 물줄기는 쏟아지고 있었다. 여자는 손에 라벤더 향내가 나는 비누를 들고 몸을 문질렀다. 비누거품이 목덜미를 타고 가슴께로 흘러내렸다. 금방이라도 폭발할 것 같은 가슴 정상에 유두가 앙증맞게 자리하고 있었다. K는 흘러내리는 비누거품을 따라 여자의 몸을 천천히 관찰해 갔다. 가는 허리와 보석처럼 자리 잡고 있는 배꼽과 그 아래 곱슬곱슬한 거웃에 눈길이 갔다. Oh, Beautiful Salome! 그렇게 그들은 벽을 열고 마주보고 서서 씻었다.

 벽을 닫으려다 말고 여자가 벽을 붙들고 물었다.

"뭐 하시는 분이세요?"

"조종사입니다. 우주 조종사요."

"호호호 재미있는 분이군요. 우주선은 어디에 있는데요?"

"오, 살루메, 당신의 우주선이 내 우주선에 완벽하게 도킹한 걸 모르나요? 우주에선 외로운데 당신이 와 주어서 고맙지요."

"호호호 상상력이 대단한 분이시네요."

물망초 꿈꾸는 강가를 돌아 달빛 먼 길 님이 오시는가. 노랫 소리가 들려왔다. 벌써 자리에 들었나보다. Good night my Salome!

왜 이리 퇴근이 늦지? K는 여자를 기다렸다. 지난 6개월 동안 단 한 번도 퇴근이 늦은 적이 없었는데, 무슨 일이 생긴 거지? 막차를 놓쳤을까? 버스가 끊기면 택시를 탔겠지. 변두리라서 택시가 안 가겠다고 한 걸까? 엄마 집에 갔나? 최근에 엄마하고 통화한 건 못 들었는데? 아님 무슨 안 좋은 일이라도? K는 복도 쪽에 귀를 종구고 방안을 왔다 갔다 했다. K는 불안해졌다. 공황장애로 인해 불안해지면 심한 갈증을 느꼈다. 그는 냉장고를 열고 물병을 꺼내 그대로 벌컥벌컥 들이켰다. Come back home, Salome!

복도를 걸어오는 불규칙한 하이힐 소리가 들렸다. 비틀거리는 것이 분명했다. 여자가 문을 열고 들어서자마자 급하게 욕실로 들어가는 소리가 들렸다. 우훽 우훽 토하는 소리가 났다.

K는 급히 욕실로 들어가 848호 벽을 밀었다. 벽이 열리자 역

겨운 술 냄새가 확 올라왔다. 여자가 양변기를 붙들고 주저앉아 토하고 있었다. 헝클어진 머리칼이 온통 변기를 덮고 있었기에 K는 여자의 얼굴을 볼 수 없었다. 그는 여자의 등을 쓸어주었다. 변기 속에는 여자가 토해놓은 오물이 그대로 있었다. K는 물을 내리며 여자에게 말했다.

"살루메, 웬 술을 이렇게 많이 마셨소."

"조종사 아저씨, 저 혼자 있고 싶어요."

K는 조용히 벽을 닫았다. 벽 너머에서 여자가 우는 소리가 났다. K는 여자가 있는 쪽의 벽을 열까 하다가 혼자 있고 싶다고 했고 우는 것도 자신을 치유하는 방법 중 하나였기 때문에 내버려 두었다. 그렇다고 여자에게서 신경을 끈 건 아니었다. 그저 지켜보기로 했다. Don't cry Salome!

울음에는 노래처럼 가사가 없다. 그렇지만 울음은 어떤 노래보다 사람의 마음을 붙잡았다. K는 애간장이 녹는다는 말을 난생 처음 경험하고 있었다. 벽을 넘어오는 여자의 우는 소리에 K는 애간장이 녹아 내렸다. 여자가 왜 우는지는 궁금하지 않았다. 지금 그녀가 슬픔에 잠겨 있고 노래 대신에 울음보를 터트리고 있다는 사실에 가슴이 아팠다.

"오빠, 죽을 것만 같아. 내게 왜 이런 거야. 내가 오빠를 만나려고 집을 나왔는데…."

여자가 누구에게 전화를 하고 있었다. 상대방이 무슨 말이 했는지 K는 감지할 수가 없었다. 상대편은 아무 말도 하지 않고 듣고만 있는지도 모를 일이었다. 다만 K가 짐작한 건, 전화하는 상대는 그녀가 사귀고 있는 남자가 분명했다.

"그 여자가 뭔데, 이렇게 나를 처참하게 만들어? 오빠, 다시 생각해 봐. 오빠, 오빠 전화 끊지 마."

상대가 전화를 끊으려 하는지 여자가 다급하게 말을 했다. 여자는 훌쩍이면서 전화를 했다. 말이 조리 있거나 논리적이 못했다.

"이제 나보고 어떻게 살라고 이래? 난 오빠만 보고 살았는데. 어떻게 이렇게 변할 수가 있어? 끊지 마, 제발, 끊지 말라고."

상대가 전화를 끊었는가 보다. 여자는 다시 전화를 걸었지만 오빠라는 사내가 받지 않는지 다시 울음보를 터뜨렸다. 그녀는 울면서 부르짖었다.

"야야 이 나쁜 새끼야, 넌 천벌을 받을 거야. 천벌을 받는 걸 내가 지켜볼 거야"

사내가 여자를 버린 것이 확실했다. 비겁한 놈, 이 여자가 어디가 어때서. K는 사내에 대해서 분노를 느끼고 있었다. 분노를 느껴야 할 것 같았다. 그래야 여자에게 위로가 될 것만 같았다. 이렇게 착한 여자를 버리면 그래 여자 말대로 천벌을 받고말고, K는 벽에 대고 속삭였다. *Don't cry Salome!*

여자는 하루 종일 집에만 있었다. 여자는 실성이라도 한 듯 울다가 웃다가를 반복했다. K는 숨소리조차 죽이고 실연당한 여자의 심정을 이해하려고 했다. 그는 다른 때와는 다르게 여자가 있는 쪽의 벽을 밀어 열지 않았다. K는 여자 곁에 자신이 있어준 것에 보람을 느끼는 한편, 여자가 더 외로워지길 원했다. 우주에서 외로움의 농도와 질량을 안다면 자신이 도킹한 우주선이 얼마나 고마운지, 그 우주선의 조종사가 얼마나 소중한지를 알게 될 거라 생각했다. 나쁜 오빠도, 경자도 모두 멀리 떨어진 지구에 있는 속물들일 뿐 마음 쓸 것은 없다고 말해주고 싶었다.

포트에서 물 끓는 소리가 났다. 여자가 커피를 마시려는가 보다. 보나마나 쓰디쓴 블랙커피를 머그잔 가득 채워 마실 것이 분명했다. 실연당한 여자가 달달한 커피를 마신다는 것은 상상조차 할 수 없었다. 배신에는 신맛이 나는 에티오피아나 케냐, 탄자니아의 커피가 좋으리라 생각했다. 배신당한 예수도 십자가 위에서 신포도주를 마시지 않았던가. 살루메여, 신맛의 커피로 분노를 삭이세요. 평소 같았으면 K는 주방의 벽을 밀어제치고 그녀와 마주보며 커피를 마셨겠지만 오늘은 그러고 싶지가 않았다. 각자 자신의 캡슐에서 지내는 편이 나을 것 같았다. Don't be sad Salome!

살루메가 있는 방

시간이 약이었다. 여자는 다시 명랑해졌고 K와 여자는 늘 그랬던 것처럼 벽을 밀고 마주보며 차를 마시고, 마주보며 식사를 하고, 마주보며 목욕을 했다. 여자와의 이런 생활로 인해 K는 몰라볼 정도로 건강해졌다. 의사의 소견이 아니라 K 자신의 느낌이 그랬다. 약을 먹지 않았는데도 불안하거나 조급하거나 숨이 가쁘지 않았다.

K는 849호 캡슐에서의 생활에 만족했다. 틀에 박힌 학교생활처럼 자신을 옥죄는 일은 없었다. 그 누구의 눈치도 볼 필요 없는 오직 자신만의 세계에서 자유롭게 유영하는 것이 좋았다. 무엇보다 여자를 기다리며 여자가 퇴근하면 벽을 사이에 두고 함께 생활하는 단조로움이 더할 나위 없이 좋았다.

수돗물이 잘 나오고 전기도 여전히 들어오는 것으로 봐 경자가 월세를 꼬박꼬박 내주고 있는 것이 분명했다. 그는 하등 경제를 걱정할 필요가 없었다. 매월 경자가 가지고 있는 통장에 월급이 들어갔는가를 확인해 볼 이유도 없고 더 이상 천박한 자본주의를 욕하지 않아서 좋았다.

난데없이 나타난 거미가 침실 벽면 귀퉁이에 집을 짓기 시작했다. 여자와 단둘의 오붓한 공간에 나타난 불청객이었다. K는 거미집 짓는 것을 유심히 관찰했다. 집을 짓는 것은 피타고라스의 계산법과 같은 학문이 아니고 항문이라는 사실에 몸이 소모

하는 노동력에 찬사를 보내며 거미가 몸속의 타르를 최소로 소모시키기 위해 최적한 장력을 가진 거미줄로 집을 짓는 것이 신기했다. K는 본능적으로 공식을 생각했다. 맞다. 거미줄은 늘어나는 만큼의 힘을 저장하는데 그러려면 적당한 장력이 필요하겠지. 그렇다면 거미줄의 장력은 거미줄의 탄성계수 곱하기 거미줄이 늘어난 거리가 분명해. 거미가 집을 다 지었는지 외줄을 타고 아래로 내려오고 있었다. 아, 저건 묵시야. 손님이 온다는 묵시가 분명해. Who is that!

묵시는 정확했다. 여자가 남자를 데리고 왔다. 대화 도중마다 그들은 깔깔거리며 웃었다. 와인 잔 부딪치는 소리가 났다. 세라믹이 부딪치는 맑은 소리에 담긴 의미는 뻔했다. 상대를 탐닉하고 싶은 욕망의 신호였다. 애초부터 남자가 꽃을 들고 온 것 같지 않았다. 음악을 듣고 차를 마시고 같이 식사를 하고, 의미 없는 수다를 떨면서 간을 보는 식의 일반적인 접근방법은 과감히 생략한 듯했다.

그들은 곧장 침실로 향했다. 누구지? 나쁜 오빠? 아냐 누구든 상관없어. 저렇게 곧장 본론으로 직행하는 것을 보면 그는 분명 릴케가 분명해. 오, 안드레아스여, 릴케가 왔다! 살루메의 침실에 귀를 대고 소릴 들어봐!

K는 하마터면 벽을 밀어 그가 누군가를 확인할 뻔했다. 그러나 그의 초자아가 벽을 밀고 싶은 욕망의 자아를 밀어냈다. K는 여자의 프라이버시를 지켜주기로 했다. 맞아, 안드레아스도 살루메와 릴케가 밀회할 때 그녀의 방문을 열지 않고 하염없이 기다리지 않았던가. K는 벽을 사이에 두고 여자를 느끼고 싶었다. 그는 침실 배트에 누워 촉수를 곤두세웠다. 그는 오감을 열고 미세한 소리에 상상의 옷을 입혀가기 시작했다.

　옷 벗는 소리가 났다. 아니 옷 벗기는 소리일 수도 있다. K는 그들처럼 옷을 벗어 방안에 던졌다. 모두가 그렇게 서둘러 알몸이 되었다.

　침실 귀퉁이의 거미가 언제 올라갔는지 거미집 중앙에 앉아 거미줄을 출렁거리기 시작했다. 거미집이 온통 흔들거렸다. 침대가 흔들리는 소리가 났다. 그 흔들림은 블랙홀처럼 주변의 감각을 빨아들였다. Oh, My God… Darling, Oh My Salome… Come in… Put in Deep….

　원초적인 그들의 대화가 민망해서 K는 한사코 영어로 번역해서 들으려 했지만 민망하긴 그것도 마찬가지였다. K는 눈을 감았다. 상상은 K를 더욱 흥분시켰다. K의 심벌이 금방이라도 터질 것처럼 부풀어 올랐다. 릴케여, 그대가 나고 내가 그대이거늘 뭐가 문제인가, 살루메여, 여심즉오심이란 말이 있지 않은가, 그대

마음이 곧 내 마음이거늘 뭐가 문제인가. 그는 자신의 심벌을 가볍게 움켜잡았다.

간지럼나무는 흠 없이 미끈했다. K는 천천히 간지럼나무를 타고 올라갔다. 마치 비 온 뒤 황구렁이처럼 미끈한 감촉을 최대한 음미하면서 천천히 타고 올라갔다. 마치 기다렸다는 듯이 가지 끝의 연분홍빛 꽃잎이 파르르 떨고 있었다. 오므려져 있던 꽃잎이 서서히 펴지기 시작했다. K는 나비가 되어 두 날개로 이슬이 맺힌 연분홍빛 꽃잎을 쓰다듬었다. 감추어진 마지막 두 개의 꽃잎을 열고 꽃샘에 입을 가져다댔다. 여자가 신음소리를 냈다. 나비는 꽃샘에 침을 꽂고 격정적으로 꿀을 빨아들이기 시작했다. 온몸을 부르르 떠는 모습은 자갈 틈에 산란을 하는 송어처럼 경이로웠다. 여자의 신음소리가 점점 높아져 갔다. 여자가 몇 번의 고개를 넘고서야 나비는 온몸에 경련을 일으키며 날개를 접었다.

Are you happy? 릴케가 살루메의 귓불에 대고 속삭이는 소리가 들렸다. K의 침실은 온통 밤꽃 냄새가 진동했다. K는 침대 맡에 있는 클리넥스 통에서 휴지를 꺼내 밤꽃 냄새를 닦아냈다. Oh, Beautiful My Salome!

그 후 릴케는 다시 오지 않았다. K는 부끄러워 한동안 벽을 밀고 여자를 볼 수가 없었다. 침실 귀퉁이에 있는 거미가 먹잇감이 걸리지 않았는데도 하릴없이 거미집을 흔들어 대면 K는 릴케를 기다렸다. 여자가 퇴근하면 오늘은 용기 내서 벽을 밀고 대화를 해야겠다고 마음먹었다.

K는 밀어붙인 벽을 붙들고 여자를 바라봤다. 여자는 지쳐 보였다. K는 근심스런 표정이 되어 여자에게 물었다.

"살루메여, 사는 것이 힘이 드나요?"

"아뇨, 외로워서요."

외롭다니, 내가 있는데. 당신을 하루 종일 기다리는 내가 있는데. K는 여자가 당치도 않은 소릴 한다고 생각하는데 그녀가 의외의 말을 했다.

"조종사 아저씨, 아무래도 이 우주를 떠나야겠어요. 캄캄한 우주에 있다는 것이 너무 외로워요. 가물거리는 별빛으로는 위로가 되지 않아요."

"어디로 가려고요?"

"일단 떠나고 보면 다른 우주가 있지 않겠어요?"

"살루메여, 그건 위험해요. 자칫 잘못하면 우주에 미아가 될 수 있어요."

"호호호, 조종사 아저씨나 저나 지금 미아가 아닌가요?"

K는 여자가 외로워서 괜히 해보는 소리라 생각하고 싶었다.

이봐요. 외로움은 질병이 아니에요. 난 공황장애가 있는데도 이렇게 굳세게 살고 있잖아요. K는 말하고 싶었지만 아무래도 실없는 소리 같아 참았다. K는 여자가 머물러 주기만을 바라며 벽을 닫았다. 벽 뒤편에서 여자가 흥얼거리는 노랫소리가 들려왔다. 외로워 외로워서 못 살겠어요. 하늘과 땅 사이 나 혼자… Please don't be lonely My Salome!

848호 창문에서 이삿짐이 내려가는 고가사다리의 도르래 소리가 들렸다. 여자가 한 말이 빈말이 아니었다. 이렇게 빨리 떠나다니, 난 이별을 준비하지 않았는데. 안 돼! 살루메여, 굿바이 할 시간을 줘야지. K는 가슴이 무너져 내렸다. 그는 방안을 서성이며 안절부절못했다. 여자가 떠나간다는 사실에 맥박이 빨라지고 심장이 마구 뛰기 시작했다. 848호를 오르내리는 고가사다리의 도르래 소리가 K의 마음을 마구 밟고 지나갔다. 그간 여자가 그에겐 모든 것이었는데 상실감이 주는 공허함을 견디기 힘들었다. K는 처음으로 슬픔을 느꼈다.

여자의 이삿짐을 빼는 데는 채 한 시간이 걸리지 않았다. 고가사다리의 도르래 소리도 멈추고 848호 문이 열렸다 닫히는 소리가 났다. 이제 저 문은 다시는 열리지 않을 거야. 문을 열고 나가는 여자의 하이힐 소리가 점점 멀어져 갔다. 안돼! 잠시만 살루메!

K는 서둘러 벽면을 밀었다. 여자가 있던 자리에는 수많은 안개꽃이 걸려 있었다. 안개꽃이 뚝뚝 떨어졌다. K가 흘리는 눈물이었다.

K는 침실 벽 귀퉁이의 거미집을 바라봤다. 거미가 보이지 않았다. 기하학적인 거미집만 덩그렇게 걸려 있었다. K는 갑자기 진공상태에 혼자 남겨져 있다는 두려움을 느꼈다. 종일 여자를 기다리던 일과 그녀와의 대화와 시시콜콜한 그녀와의 삶이 삶에 활력소가 되었는데 여자가 떠났다는 것은 K에게서 모든 것이 떠난 것을 의미했다.

K는 창가로 다가가 커튼을 활짝 열어젖혔다. 햇빛이 해일처럼 밀려들어왔다. 그는 창문을 열었다. 어디에서 날아 들어왔는지 민들레 씨앗들이 방안을 유영하고 있었다. 경자도 살루메도 꿈속에서 만난 듯 아스라이 느껴졌다. 그는 베란다 창틀에 올라섰다. 하늘이 눈에 가득 들어왔다. 방안을 유영하던 민들레 씨앗들이 일제히 푸른 하늘로 날아오르는 것을 보면서 K는 눈을 감았다. 그래, 비행을 끝마치면 화단에 내려앉아 노란 꽃으로 환생하는 거야. Freedom! See you again My Salome!

3

당숙

3

아이들이 당산나무가 있는 동구로 내달렸다.

당산나무 밑에 웬 거지가 앉아있다는 소문을 듣고 아이들은 고무줄 새총을 챙겨 바람처럼 달려갔다.

먹을 것도 없고 놀이가 없어 무료하기 짝이 없는 초봄에 거지의 출현은 아이들에게 한바탕 신바람이 나는 일이 아닐 수 없었다.

아이들이 도착한 동구에는 정말 거지가 앉아 있었다. 머리칼은 헝클어지고 제멋대로 자란 수염에 반쯤 덮인 얼굴은 버짐꽃이 피어 있었다. 땟국이 덕지덕지한 넝마를 걸친 행색에 해진 신발 사이로 발가락이 드러나 보였다.

사내는 퀭한 눈으로 아까부터 마을을 멍하니 바라보고 있었다.

아이들은 거지를 향해 호주머니에서 돌멩이를 꺼내 고무줄 새총에 장전하고는 누군가 먼저 쏘기라도 하면 따라 쏘겠다는 태도를 취하고 있었다.

때마침 아래 골에서 머슴을 사는 순득이가 그 앞을 지나다 고무줄 새총을 겨누고 있는 애들을 내쫓느라 작대기로 지게 목발을 내리치면서 으름장을 놓고 있었다.

"에끼, 고얀 놈들!"

아이들이 우르르 도망치다 말고 멀찌감치에 서서 거지의 행동을 주시하고 있었다.

순득이 거지에게 다가가 위아래로 행색을 살피더니 깜짝 놀라며 소리쳤다.

"아이고, 이게 누구요. 기동양반 아니요. 귀신 아니랑가? 죽었다고 지사까지 지냈다는디, 워메 워메 살아있었당께."

"순득이, 나네. 잘 있었능가?"

"어째 집에 안가고 혼이 나가 분 것 마냥 여기에 앉아 있소? 오매 인자 큰일 나버렸구먼."

두 사람이 이야기하는 것을 바라보던 아이들이 고무줄 새총을 호주머니에 넣고 슬슬 다가섰다.

"기동양반, 이 꼴이 뭐시까이. 거지도 상거지 꼴이구먼."

"야기 하자면 기네."

순득이 거지를 보고 기동양반이라고 부르는 것을 보고 아이들은 자기들끼리 속닥거렸다.

"치길이네 아부지래."

"거지가 치길이네 아부지랑께."

놀란 듯 신기한 듯 아니면 새로운 놀림감이 생겼다는 듯 아이들은 눈을 동그랗게 뜨고 기동양반을 바라봤다. 그리고 한 아이가 애들을 놀릴 때 부르는 곡조를 붙여 선창을 하자 모두가 따라서 합창을 했다.

"치길이네 아부지는 거지랑께 거지랑께."

"에끼, 이놈들!"

순득이가 작대기를 공중에 휘저으며 아이들을 내쫓았다.

"치길이네 아부지는 거지랑께 거지랑께."

아이들은 깡충깡충 뛰며 동네로 들어가면서 합창을 했다.

동네를 마냥 바라보고 있는 기동양반에게 순득이 말했다.

"그라문 나 먼저 가 볼라요. 기동양반은 사묵사묵 오씨요."

순득은 기동양반이 살아 돌아왔다는 사실을 어서 빨리 동네에 알리고 싶었다. 기동양반이 동네에 들어가기 전에 알려 사람들이 놀라는 반응을 보고 싶었다. 그는 지게를 내동댕이치고 아이들 뒤를 따라 내달음질쳤다.

상복을 입은 기동댁 곁에 아들 치길이랑 딸 문자가 찔끔찔끔 눈물을 닦던 기동양반의 제삿날이 달포 전에 있었던 일이고 기동댁이 재가를 한 지 하루가 지난 오늘, 갑자기 죽었다던 기동양반이 동네에 나타났으니 기절초풍할 일이었다.

순득은 남들보다 먼저 알게 된 빅뉴스를 어서 동네에 전하고 싶었다. 이 소식을 듣고 놀랄 동네사람들을 생각하니 신바람이 났다. 이 일이야말로 머슴 순득이 자신의 존재감을 드러낼 수 있는 절호의 찬스였다.

순득은 바지 행전이 풀어진지도 모르고 달려 동네에 들어섰다.

안동네 샘가에 아낙들이 모여 있었다. 숨이 턱에까지 차 헐레벌떡 뛰어오는 순득을 아낙들이 일제히 바라봤다.

"아랫골에서 머슴 사는 순득이 아녀?"

순득은 샘에 이르자 숨이 넘어가는 소리로 말했다.

"아짐씨들, 기동양반이 안 죽고 살았당께요."

"뜬금없이 뭔 소리여?"

아낙들은 갑자기 나타나 헛소리를 하는 순득을 보며 어이없다는 표정을 지었다.

"치길이 아부지가 저어기 당산나무 아래 있당께."

순득이 손가락으로 동구 쪽을 가리키면서 말을 했다. 아낙들이 동구 쪽을 보면서 미덥지가 않다는 듯 제각기 한마디씩 뱉었다.

"뭔 소가 여물 씹어대는 소릴 한당가."

"워메, 저것이 머슴살이 심하게 헌다고 하더니 미쳐 부렁능가 봐야."

"춘궁기라 속이 허해서 귀신을 봤것제."

순득이 뒤를 이어 껑충거리며 아이들이 합창을 하며 샘 쪽으로 오고 있었다.

"치길이네 아부지는 거지랑께 거지랑께."

"치길이네 아부지는 거지랑께 거지랑께."

아낙 중 하나가 아이들 속에 있는 자기 아이에게 물었다.

"치길이 아부지가 어쨌다고야?"

"엄니, 치길이 아부지가 거지가 돼갖꼬 당산나무 아래 있어라우."

놀란 아낙들이 서로 얼굴을 바라보며 소근거렸다.

"워메, 순득이 말이 증말인가 보네. 이 일이 뭔 일이랑가."

순득은 아낙들이 놀라는 모습을 보면서 신바람이 났다. 내친김에 월두로 달려가 기동댁에게 직접 이 소식을 전하고 싶었다. 그는 기동댁이 놀라는 모습을 기어이 보고 싶었다. 다시 순득은 십 리가 짱짱한 길을 달리기 시작했다.

땅이 풀리면 곧 나숭개랑 달롱개가 겨우내 얼었던 흙을 비집고 나올 것이다. 그것들을 보리죽에 넣어 자식에게 먹이던, 아니

당숙

그것마저 배불리게 먹이지 못했던 설움은 이제 끝났다고 기동댁은 생각했다. 그래, 그 설움의 봄나물이 지천에 나와도 이제 나와는 무관해. 기동댁은 자고 있는 강씨를 물끄러미 바라봤다.

어제, 기동댁은 신방에 들어와 첫날을 보냈다.

어젯밤에 강씨는 굶주린 늑대처럼 달려들어 기동댁의 적삼을 벗겼다. 그리고 막아났던 봇물이 터지듯 격하게 밤새 방아를 찧더니 나가 떨어져 곤히 잠이 들어 있었다. 기동댁은 사내와의 합방이 고라니 콩잎 뜯어 먹듯 즐길 수는 없었다. 자꾸만 강씨가 힘을 줄 때마다 섬뜩하니 남편이 떠올랐다.

강씨가 가진 두 마지기 논과 세 마지기 밭이면 네 식구는 굶주리지 않고 먹고 살기에는 헐복하다는 생각이 들었다. 강씨한테 오게 되는 데는 중신아비가 말한 강씨의 논과 밭이 결정적인 결심을 하게 만들었다. 기동댁은 사람은 믿을 수 없지만 전답은 믿을 수 있었다. 자식의 목구멍에 들어가는 밥술은 전답에서 나오는 것이지 사람에게서 나오는 것이 아니라고 생각했다.

그녀는 마당에 나와 어제 혼례를 치르느라 흐트러진 물건들을 정돈하고 있었다. 아침을 먹고 친정으로 가서 맡겨진 남매를 데려올 참이었다.

기동댁은 일을 하다말고 멀리서 달려오는 사내를 바라봤다.

그는 기동댁을 향해 손을 저으며 무엇인가를 소리소리 지르며 달려왔다. 순득은 기동댁 앞에 다다르자 그 자리에 풀썩 주저앉았다.

"자네, 순득이 아니어?"

가쁜 숨을 쉬고 있는 순득을 보며 기동댁이 의아해 하며 고개를 갸우뚱거렸다.

"아이고, 아짐씨, 큰일 났어라. 지금 이러고 있을 때가 아니랑께요."

"누가 죽기라도 했당가? 뭔 설레발을 그리 친당가?"

"죽었으면 더 낫지라. 살았당께요."

"뭔 귀신 씨나락 까먹는 소릴 하는가? 누가 살았다는 소리여?"

"기동양반이 왔당게. 죽은 기동양반이 안 죽고 왔당게. 그러네."

"뭔 헛소리를 그리하는가. 귀신이라면 모를까…."

"거지도 거지도 그런 상거지가 되어갖고 나타났당게. 당산나무 밑에 혼이 나간 것 맹크럼 멍하니 앉아있는 것을 봤당게 그라요."

"자네가 귀신을 봤것제."

"아니어라. 나가 기동양반하고 말을 주고 받았당께."

"머시라고? 그 말이 참말이여?"

"아짐씨, 나가 거짓말 하려고 십 리 길을 뛰어 왔것소?"

기동댁은 그 자리에 풀썩 주저앉아 버렸다. 남편이 살아 돌아왔다는 말에 정신이 혼미해졌다. 안 죽고 살아온 것에 대한 기쁨보다 자식 둘을 데리고 살 궁리를 했던 지난한 세월에 대한 서러움이 복받쳤다. 그녀는 두 다리를 뻗고 울음보를 터트렸다.

"아이고, 어쩌라고. 날 보고 어쩌라고. 이제 오면 날 보고 어쩌라고. 살았으면 살았다고 기별이라도 했어야지. 기별만 있었어도 이러지는 않았지. 아이고 아이고."

기동댁은 마당에 드러누워 대굴대굴 구르면서 애간장이 녹는 울음을 토해냈다.

"내가 죽일 년이지. 서방 죽었다는 말 들었을 때, 뒤졌으면 이런 일은 없었제. 아이고, 자식 굶길까봐 낯짝도 없이 시집온 내가 죽일 년이제."

자고 있던 강씨가 울음소리에 놀라 황급하게 방문을 열었다. 마당에는 기동댁이 울음보를 터트리며 몸부림치고 있었고 그 옆에는 순득이 울고 있는 기동댁을 물끄러미 내려다보고 서 있었다.

"순득이 자네가 여긴 뭔 일인가?"

"말씀드리기 쬐끔 그러긴 한디… 치길이 아부지가 왔당께라."

"뭐시여? 치길이 아부지가 살아있다고? 죽었다고 지사를 지내고 치길이 엄니가 남편 신줏단지를 가지고 시집 왔는디? 뭐시여?"

기동댁 전남편이 살아서 집에 왔다는 말에 강씨는 믿어지지 않았다.

기동댁은 더욱 서럽게 울었다. 그 모습을 보고 있던 강씨는 측은한 생각이 들었다. 그렇다고 이미 엎질러진 물인데 없었던 일로 하기도 그렇고 난감하기 짝이 없었다.

"나 보고 어쩌라고. 나 보고 어쩌라고…."

기동댁은 땅을 치면서 통곡을 했다.

순득은 통곡하는 기동댁이나 안절부절 못하는 강씨를 보면서 비록 자신이 배운 게 없고 남의 집에 사는 머슴이지만 위력을 보여주었다며 뿌득한 존재감을 느끼고 있었다.

"어쩌긴 어쩌겠는가. 자네 서방이 왔다니 가봐야지."

강씨가 세숫대야에 물을 떠 와 기동댁 앞에 밀어주면서 낮은 음성으로 말했다.

"얼굴이 엉망이네. 언능 얼굴 씻고 치길이 아부지한테 가시게. 하늘이 도와 살아 돌아온 것만도 좋은 일 아닌가. 씻는 동안 자네가 가지고 온 옷가지를 챙겨 짐을 싸놓겠네."

기동댁은 눈물 콧물로 뒤범벅이 된 얼굴로 강씨를 올려다봤다.

"딱, 하루니까, 치길이 아부지도 이해해 주지 않겠능가? 죽었다고 지사까지 지냈는디. 자네가 내게 시집 왔다고 뭔 숭이 되었겠는가. 자네가 살금살금 내게 온 것도 아니고 중신아비 소개로 온 동네가 다 알게 왔는디 치길이 아부지도 전후 사정을 알고 나면 이해해 주지 않겠능가 이말이네."

강씨가 말한 '딱 하루'는 하룻밤 초야를 지낸 것을 의미했다.

기동댁에게 자식 둘을 낳고 산 남자와 만난 지 하루밖에 안 된 남자와 정을 비교할 수는 없었다. 지금 그녀의 가슴에는 징용에서 살아 돌아온 남편으로 가득했다. 그걸 강씨가 모를 리가 없었다.

기동댁이 얼굴을 씻고 일어서는데 강씨가 그녀의 짐 보따리를 챙겨 들고 나왔다. 강씨는 그녀 몰래 보따리 속에 50원을 찔러 넣어 주었다. 기동댁이 강씨가 건네주는 짐 보따리를 들고 말했다.

"군소리 없이 가라고 해서 고맙소이."

"하룻밤을 자도 만리장성을 쌓는다는데 내 자네를 잊지는 않겠네."

"아이고, 그런 생각 하느라도 하지 마씨요. 치길이 아부지가 왔응게, 인자 행여 마주치더라도 못 본 체해야지라."

"암시렁 걱정 말고 언능 가시게."

그렇게 그들은 서먹하게 헤어졌다.

기동댁은 보따리를 머리에 이고 잰걸음으로 집을 향해 걸었다. 순득이 그 뒤를 따르면서 곧 벌어질 빅 매치에 대해 자못 궁금해 했다.

집이 가까워지자 기동댁은 자꾸만 불안한 생각이 들었다. '하룻밤을 자도 만리장성을 쌓는다.'고한 강씨의 말이 불안을 부추겼다. 그 말 중에 유독 '하룻밤'이라는 단어가 맘에 걸렸다. 그 단어는 '하룻밤을 자도 헌 각시'란 속담을 떠올리게 했다.

"아짐씨, 보나마나 치길이 아부지가 가만히 안 있을 건디, 우째 걸음이 그리 빠르요?"

뒤따라오는 순득이 기동댁의 불안감을 더욱 부채질하고 있었다.

지팡이를 짚은 기동양반은 집을 향해 발걸음을 옮겼다. 꿈에도 그리웠던 집이 아니던가. 단 한시도 잊어본 적이 없는 가족에 대한 그리움이 그의 가슴에 해일처럼 밀려왔다. 사실 당산나무 아래서 한참을 있었던 것도 걷잡을 수 없는 마음을 안정시키고자 했기 때문이었다.

그는 문간 깨에 서서 집안을 들여다보았다. 그는 안쪽에다 대고 기동댁을 불렀다.

"여보! 여보! 나왔소."

어쩐지 집 기운이 적막했다.

"치길이 어무니! 치길이 어무니! 나왔소."

그는 마당에 들어서서 방문 쪽에 대고 아이들을 불렀다.

"치길아, 문자야, 아부지 왔다."

집안은 너무나 조용했다. 어디 간 거지? 내가 없으니 입에 풀칠이라도 하려면 친정에라도 갔겠지, 생각하며 마루에 털썩 주저앉았다. 그는 일 년 동안 먼 길을 걸어 목적지에 도착했지만 반겨주는 사람이 없었다. 그렇지만 집에 왔다는데 긴장감이 풀렸다.
 처가에 기별을 넣으면 애들을 데리고 아내가 곧 달려오겠지 생각하며 우물로 가서 두레박을 내려 물을 떠 올렸다. 그리고 벌컥벌컥 물을 마시고 나서야 이제야 집에 왔다는 안도감이 들었다.

 기동양반이 살아왔다는 소문은 삽시간에 동네에 퍼졌고 소식을 들은 그의 동생들이 달려왔다. 소식을 듣고 누구보다 놀란 사람은 그의 당질이었다. 기동양반에게 당질은 조카이긴 하지만 경우가 바르고 무엇보다 배운 데가 있어 집안은 물론 동네에서도 존경받는 인물이었다. 그는 어린 나이에 홀연 단신으로 현해탄을 건너가 규수에서 학교를 마치고 돌아온 인재였다. 권력이라면 방귀깨나 뀌는 면장이나 걸핏하면 안하무인으로 폭력을 휘둘러대던 순사도 당질 앞에서는 머리를 조아렸다.
 기동댁이 시집을 간 것도 당질의 의사가 절대적이었다. 전쟁이 끝나고 징용에 끌려간 사람들이 모두 돌아왔지만 일 년이 지나도 살았는지 죽었는지 소식조차 없던 당숙을 죽었다고 단정해 버린 사람이 당질이었다. 그럴만한 이유가 있었다. 같이 징용에 끌려간 당골 칠봉이도, 점촌 곰배 아범도, 쑥띠 용팔이도 전쟁이 끝나자 모두 돌아왔는데 당숙만 돌아오지 않았다.

당질은 당숙의 소식을 듣고 싶어 같이 징용에 끌려갔다 돌아온 이들을 일일이 만났지만 공통된 의견은 처음에는 당숙이 이들과 버마와 태국을 연결하는 소위 죽음의 철도를 만드는 곳에서 함께 일을 했는데 일본군이 당숙을 어디론가 데리고 간 후로는 보지 못했다고 했다.

그들은 당숙이 십중팔구 왜놈에게 죽임을 당했거나 노역을 하다가 죽었을 것이라고 말했다. 그런 당숙이 살아 돌아왔으니 당질은 반가우면서도 이후에 벌어질 사단에 대해 은근히 걱정되었다.

기동댁이 시집을 갔다는 말에 기동양반은 분노했다. 꿈에도 생각지 못한 청천벽력과도 같은 말이었기에 그는 믿어지지가 않았다. 사무치게 그리워했던 마음이 일순간에 분노로 바뀌었다. 그리움이나 미움이나 모두가 마음에서 일어난 소용돌이였고 그것은 손바닥처럼 뒤집힐 수 있다는 사실에 기동양반 스스로 놀라고 있었다.

당질이 왔다.

"당숙이 돌아온 것만도 천지신명의 도움이니 마음을 너그럽게 가지셔야 허지 안컸소?"

그가 기동양반의 눈치를 살피며 조심스럽게 운을 뗐다.

안주도 없이 거푸 술사발을 들이키던 기동양반이 당질에게 술잔을 내밀며 분노가 사그라지지 않은 거친 말투로 말했다.

"어떤 느자구없는 놈허고 눈이 맞았는지 모르지만, 새끼가 둘이나 있는 년이… 기가 막히구나."

당질은 기동양반의 빈 술사발에 술을 채우면서 이 사단을 해결하기 위해 어떻게 접근해야 할지 가늠조차 잡지 못했다.

"당숙이 오셨으니 애들이 곧 오겠지라."

애들이란 기동댁이 데리고 간 남매를 가리켰다.

기동양반은 애들이란 말에 핏발이 선 두 눈에서 금방이라도 눈물이 쏟아질 것만 같은 행색이 되어 허공을 바라보더니 당질이 채워준 술사발을 단숨에 비우면서 물었다.

"나가 없는 새, 아그덜은 아프지는 안 했다냐?"

기동양반의 말에는 자식에 대한 애틋한 사랑과 그리움이 깊게 배어있었다.

"당숙이 안 계시는 동안, 어린 남매를 배 굶기지 않으려고 당숙모가 고생을 많이 했지라. 당숙도 알다시피 집안 형편이 말이 아니고 다른 당숙들도 입에 겨우 풀칠하고 사는 처지라서 당숙모가 온갖 궂은일 마다 않고 일을 하면서 애들을 키웠지라."

당질은 어떻게든 당숙의 마음속에 기동댁에 대한 원망을 조금이라도 희석시키려고 애를 썼다.

"남편이 시뻘겋게 눈을 뜨고 있는디 시집을 갔다는 게 사람이 할 도리냐?"

다시 기동양반의 목소리가 높아졌다.

"당숙도 한 번 생각해 봐요. 징용에 같이 끌려간 당골에 사는 칠봉이랑, 점촌의 곰배 아범이랑, 쑥띠에 사는 용팔이랑 다 돌아왔는데 일 년이 넘게 당숙만 살았는지 죽었는지 감감무소식이고 징용 갔다 돌아온 사람들이 하나같이 당숙이 죽었을 것이라고 말하는데 어쩌겠어요. 그래서 집안 어른들과 의논해 죽은 양반 제사라도 드리자고 선산 아래 가묘를 만들고 당숙모가 신줏단지를 모셨당께요."

"그러니 네 말은 뒈져 버렸으면 별문제 없었는디, 살아 돌아와서 일이 꼬였다는 거냐?"

"아이구, 당숙, 뭔 섭섭한 말씀을 그리하시오. 천만 번 제사 음식 받아먹는 귀신보다야 살아 돌아와 이렇게 술잔을 나누는 현실이 백번 낫지라."

"나가 그마들처럼 올 수 있는디 못 왔다냐."

기동양반은 땅이 꺼져라 깊은 한숨을 쉬었다.

대화는 자연스럽게 징용 이야기로 들어서고 있었다.

"나가 그렇게 멀리까지 갈 줄은 몰랐어. 버마라고 날씨도 무덥고 아주 지옥 같은 곳으로 끌려갔었다."

"버마라면 중국과 인도 사이에 있는 열대우림 지역 아니요?"

당질이 재촉이라도 하는 듯 기동양반의 말에 추임새를 넣으며 바짝 다가앉았다.

"우림이라고 했제? 아주 햇볕도 못 들어올 정도로 나무가 빽빽하게 우거진 숲에 내던져진 꼴이었는디, 달랑 장도 하나 만을 손에 쥐어주고 길을 내라는 거야."

"길요?"

"그냥 길이면 더 났지. 철도를 놓는다며 벌목을 하고 다리를 놓고 하는 일이지야."

"그 일을 징용 간 조선인이 하는 것이라요?"

"처음엔 그랬지, 몇 달 지나서 태국에서 잡혀 온 호주군 포로들이 그 일을 했는디, 지옥도 그런 지옥이 없어야. 독사에 물려 죽어도 포로는 야전병원을 가는 건 엄두도 못 내고, 일이 서툴러 일본군에게 어영부영하게 보였다간 니뽄도에 맞아 죽어도 누구 하나 나서는 사람이 없고, 굶어 죽어도 하소연할 데가 없는 곳이지. 나중에 일머리를 잘 알고 일본말을 할 줄 아는 조선인 징용자가 감독을 맡아서 포로들을 부렸었지."

"왜놈들이 철도를 놓은 특별한 이유라도 있었을께라우?"

아무리 전쟁 통이라 해도 첩첩산중에 철도를 내는 일이 궁금해서 당질이 물었다.

"그곳이 일본군이 장악한 태국과 버마의 접경 지역이었는데, 일본군이 본격적으로 버마로 진군하기 위해 철도를 깔았어. 일본군은 포로들을 호되게 다루었어. 눈에 거슬리면 굶기고 우리에 가두고 일상적으로 구타가 이루어졌어. 포로들이 말라리아 모기에 물려 학질에 걸려 죽어가는 모습은 차마 볼 수가 없었어. 오죽했으면 죽음의 철도 공사로 악명이 났겠냐. 1,600여 명의 포로가 철도 공사를 했는디 자그마치 800여명이 죽어나갔으니… 감독을 하던 조선인도 그곳에서 살아 돌아가리란 희망은 없었던 거야."

"그들 말로는 그곳에서 당숙은 따로 일본군에 끌려 갔단디요?"

"어느 날, 아침 점호를 하고 있는데 '미스야마'상을 찾는 거야. 일본식 내 이름이 '미스야마' 아니냐. 사방을 둘러봐도 나가는 놈이 없어. 틀림없이 나를 찾는 거야. 일본군이 나를 데리고 간 곳이 포로수용소야."

"당숙이 포로수용소에 갇혔다고라?"

"그게 아니고, 버마내륙으로 일본군 제15군단이 노도처럼 밀고 들어오자 오합지졸인 영국군의 용병인 호주군은 일본군과 제대로 한 번 싸워보지도 못하고 손을 들고 만 거지, 그래서 포로가 늘어나자 수용소의 일도 늘어나고, 나 말고도 일본어를 할 줄 아는 조선인들이 차출되어 그곳에서 허드렛일을 맡아서 했어."

"그곳에서 당숙은 뭔 일을 하셨지라?"

"나는 외곽 보초를 섰어야. 군복을 입고 총을 들고, 누가 봐도 영축없는 일본군이었응께. 이름도 '미스야마'고 일본말을 하다 본께 나 자신이 일본놈이 된 것처럼 우쭐해지더라고… 인자 죽지는 않것구나 하는 맴이 생기는디 결국엔 그게 아니었어야."

"제가 궁금한 것은 노역한 조선인은 모다 일찍 돌아 왔는디 당숙은 고생을 덜한 편인데도 우째서 늦게 돌아왔냐는 것인디요?"

당질이 기동양반의 이야기를 가로채 늦게 온 이유를 물었다.

"나가 지금 그 말을 하려던 참이다. 어느 날 갑자기 수용소에 큰 소동이 일어났어. 수용소 망루에 펄럭이던 욱일기가 내려지고 일본 군인들이 땅을 치면서 통곡을 하는 거야. 그런가 하면 포로들이 함성을 지르며 막사에서 뛰쳐나와 지네들끼리 서로 보듬고 우는 거야. 수용소가 갑자기 한쪽에서는 만세를 부르고 다른 한쪽에서는 초상집 마냥 울음바다가 된 이상한 분위기였단 말야. 그때가 바로 일본제국이 항복을 해버린 팔월 십오일이었어. 세상이 뒤집어진 거지 일본말로 우라까이 된 거야. 포로들이 일본 군인들을 모두 자신들이 있던 포로 막사에 처넣었어. 참으로 이상한 일은 그렇게 독살스럽던 일본놈들이 암시렁 힘도 못

쓰고 무력하게, 대들지도 않고, 스스로 포로 막사에 들어가더란 말이다. 마치 맴생이들이 우리 속으로 걸어 들어가듯이…."

"당숙은요?"

"난 외곽보초를 서다 무슨 영문인지도 모르고 저들을 따라 갇히게 되었어. 재수가 없었던 거지. 전쟁이 끝나자 징용으로 끌려 온 조선인은 말할 것도 없고 대다수 일본군도 돌아갔는디 포로수용소에 있던 일본군은 예외였단 말이다. 모조리 전범으로 재판을 받아야 했응께."

"아이고, 복창 터질 일이오. 그래, 당숙이 전범으로 재판을 받게 되었어라?"

"꼼짝없이 전범신세가 된 거지…."

기동양반은 생각하기도 싫은 자신의 기구한 운명을 말하다 말고 귀를 세우고 당질에게 말했다.

"밖에서 뭔 소리 안 들려?"

두 사람은 밖을 향해 귀를 종구고 들어봤다.

누군가 걸어오면서 울부짖는 소리가 들렸다. 기동댁이었다.

"워메, 워메, 치길이 아부지!"

당질은 직감적으로 올 것이 오고 말았다며 당혹했다.

"이보게 조카, 지금 저 소리가 뭔 소리여?"

기동양반은 몸을 부르르 떨었다. 그의 분노가 어떠했는지 그의 앞에 놓인 술사발의 술이 찰랑찰랑 파문을 일으키고 있었다.

"나 좀 보잇쑈, 치길이 아부지, 문 열고 내 말 좀 들어보란 말이오."

"…."

"아이고, 나는 못 살아, 치길이 아부지, 제발 나 좀 보잇쑈."

기동댁은 문 앞에서 두 다리를 쭉 뻗고 퍼질러 앉아 오열하기 시작했다.

"아니, 저년이 뉘여?"

기동양반은 가라앉았던 노기가 다시 치솟았다.

"당숙, 당숙모가 왔는디 야그나 들어보시랑께요"

"난 모르는 년이구먼. 난 저년 누군지 몰라야. 모지락스런 년."

"윗다, 당숙, 어째 그래쌌소. 야그 들어본다고 쇠스랑 부러지는 거 아닌디, 일단 문을 열어 줍시다."

"나 몰라야, 지 서방 찾아갈 것이지. 난 저년 모른다."

당질이 기동양반을 요리조리 구슬렸지만 요지부동이었다.

당질이 더는 기다려 봐야 동네만 시끄러울 것 같아 와락 문을 열어젖혔다.

"워메 워메 치길이 아부지! 살아왔소! 죽지 않고 살아왔소!"

얼굴이 눈물범벅이 된 기동댁이 반가움과 두려움이 섞인 눈빛으로 남편을 올려다보았다.

그러나 그는 노기에 찬 눈빛으로 기동댁을 노려봤다. 곧장 내려서서 작살을 내고 말 것만 같은 표정이었다.

"나가 뒤지지 않고 살아와서 놀랍다는 거지?"

"치길이 아부지, 뭔 소리요. 당신이 미워서가 아이어라. 나가 그렇게 한 것은 당신이 미워서가 아니랑께라우. 올 사람이 안 돌아옹께 모두덜 당신이 죽었다고 해서 당신 지사까지 지냈소. 여기 보따리 속에 당신 신줏단지가 있소."

"아따, 저것이 미쳐버렸어야. 니 서방은 월두에 있는 강가 놈이지 내가 아녀. 이젠 나하곤 암시렁 관계도 없어야."

"아이고, 치길이 아부지, 이건 아니지라. 당신이 이러면 나를 두 번 죽이는 것이지라. 당신 죽었다고 했을 때, 가슴이 무너지고 새끼 둘 데리고 어떻게 살아야 할지 앞날이 캄캄했어라. 그때 나는 가슴이 무너지는 슬픔으로 죽은 거나 마찬가지였어라. 당신이 지금 나를 내치면 내가 죽어야지 살아서 뭐하것소."

기동댁 입에서 새끼 둘이라는 말이 나왔을 때 기동양반은 아들 치길이와 딸 문자가 미치도록 보고 싶었다. 그렇다고 아무 일도 없었던 것처럼 자식에 대한 안부를 물어볼 수는 없었다.

당질은 자신이 나서야겠다는 생각이 들었다.

당질은 마당에 퍼질러 앉아 울고 있는 기동댁에게 다가가 기동양반이 들리지 않게 조용히 말했다.

"당숙모, 월두 강씨가 가라고 해서 왔소?"

"치길이 아부지 왔다는 순득이 말을 듣고는 보따리 싸주면서 가라고 해서 왔다."

"그 말 듣고 보내주는 거 본께, 강씨가 야박한 사람은 아니거 구만요. 근디 치길이랑 문자랑 항꾼에 안 오고, 어디 있소?"

"친정에 잠시 맡겨 두었어야."

"당숙이 애들이 보고 싶은가 본디, 내가 잘 말해 볼땡께 그때 꺼정 쪼깐만 기다리씨요. 친정에 계시다가 나가 기별 너면 내일이라도 애들 델꼬 오이쏘이."

기동양반은 뒤돌아서 눈물바람하고 가는 기동댁을 멀끔멀끔 바라보고 있었다.

"들어와서 하던 야길 마저 들어야지?"

기동양반은 당질을 불러들였다. 그간 가슴에 맺힌 응어리를 풀어내고 싶었다.

당질은 다시 당숙과 마주 앉았다.

"아까 어디꺼정 들었냐?"

"당숙이 전범으로 재판을 받게 되었다고 했지라."

"말이 재판이지, 누가 변호해 줄 놈도 없고, 말이 통하는 것도 아니고… 그냥 계급장을 보고 이놈이 행세깨나 했겠구나 생각이 들면 중형을 때려 부리고, 눈구녁이 부리부리 살아 있는 놈이랑 풀려져 있는 놈은 구분해서 형을 때려 부리는디 그놈들도 왜놈 못지않게 고약한 놈들이었어야. 이해는 하지야. 갖은 노역에 인간 이하의 취급을 받았응께 보복으로 그럴만도 했을 것이다. 칼날 밑에 있던 놈들이 되레 칼자루를 잡았으니 굶기고 잠 안 재우고 강제노동을 시키는디, 머시냐, 천지개벽이란 말이 딱 생각나더란 말이다."

"당숙은 왜놈이 아니라서 큰 문제는 없었지라?"

"그들 눈에는 다 왜놈으로 보이지. 조선을 알기나 하간디? 그런디 계급장이 없는 나를 위 아래로 훑어보더니 손짓으로 밖으로 나가라는 거야. 일본군 복장을 하기는 했지만 내 꼬락서니가 꽁지 빠진 장끼 꼴이었응께, 재판해서 벌을 줄 건덕지도 없는 놈으로 알았능가 쑵드라."

이야기를 듣고 있던 당질이 긴장이 풀어졌는지 긴 숨을 내쉬며 물었다.

"암시렁 없이 풀려났다고라?"

"풀려나긴 했는디, 징용 온 조선인은 죄다 가버린 뒤라서 혼자서 막막했어야."

기동양반은 그때 생각이 났는지 울먹울먹하면서 말을 이어갔다.

"나가 일 년 남짓 중국 땅을 떠돌며 걸어서 집에까지 온 이야기를 할라면 며칠 밤낮을 말해도 부족해야. 쿤밍에서 충칭으로 충칭에서 만주로 다시 만주에서 조선 반도로 걸어오는 동안 살아 있었던 것이 기적이었어야. 얻어먹고, 훔쳐 먹고, 훔쳐 먹다 처맞고, 도망치다 잡혀 또 처맞고, 입은 있어도 중국말을 못하니 영축없이 벙어리 신세지. 손짓발짓으로 겨우겨우 밥이나 얻어먹고 잠 좀 재워달라고 빌었응께."

"조선인이 중국으로 많이 갔다는디 도움 받지는 못했는가부요."

"조선인이 있다 해도 모래밭에서 바늘 찾기지. 어느 날은 밥 얻어먹으려고 일을 하다가 나도 모르게 왜놈말이 나와 가지고, 이이쿠, 이놈 왜놈이다 하고 뒤지게 얻어맞은 적도 있었응께. 일본이 패망하고는 왜놈말이 나 잡아가시오. 하는 거나 진배없어야. 만주에 오니까 조선인들을 만날 수 있었는디, 그래도 동족이라고 지 밥 그륵에 밥을 덜어주더라. 맴은 언능 집에 가서 마누라랑 애들 만날 생각밖에 없었제잉"

어느덧 기동양반의 눈가에 이슬이 맺혀있었다.

"치길이랑 문자를 데리고 오라고 당숙모한테 말했서라."

이번에는 기동양반도 아무 말 없이 당질의 말을 듣고 있었다. 당질은 이때라 싶어 기동댁 이야길 꺼냈다.

"만약에 당숙이 돌아가셨다면 치길이랑 문자는 딱 거지가 됐서라우. 당숙모가 시집을 머라고 갔겠소? 다 자식 걱정에 자식만은 배 곯리지 않으려고 가기 싫은 시집을 갔지라. 당숙이 죽었다고 제사를 지내고 낭께 동네 애기들까지 치길이를 시피보고 때려서 코피 터져 울고 오는 날이 하루 이틀이 아니었당께요. 오죽했으면 나가 애들 거지 만들지 말고 시집가라고 당숙모를 설득시켰겠소이. 당숙모는 월두에 사는 강가는 코빼기도 못 보고 중신아비 말 듣고 간 것이랑께요. 당숙도 생각해 보시오. 죽은 남편 신줏단지 가지고 시집간 여자가 어디 있다요. 오매불망 당숙만 기다리며 버틴 당숙모 맴도 생각해야지라."

"…"

"월두에 강가도 자식이 없는 홀아비라서 애들을 지 자식 맹크로 키워줄 것 같아서 그런 것 말고는 당숙모는 그 사람에게 손톱만큼도 맴이 없었을 것잉께, 인자 다 용서해 부릿쏘이. 용서랄 것도 없지라. 살아보겠다고 헌것인디, 당숙모라고 남의 집에 들어가 호강을 꿈이라도 꿨겠소?"

당질은 숙모가 시집을 가게 된 것은 사내가 좋아서가 아니라 남매인 치길이랑 문자를 위한 마음에서였다는 논리로 당숙에게 접근했다. 피는 물보다 진하다는 말처럼 혈육의 정은 어쩔 수 없다는 것을 알고 있었기에 당질은 남매를 핑곗거리로 당숙의 완고한 마음을 누그러뜨리려고 했다.

당질의 생각은 적중했다.

"아그덜은 무탈하다지야?"

기동양반의 목소리에는 간절함이 배어있었다.

"암시렁 없이 잘 지낸다고 합디다. 내일 당숙모가 데리고 올 것이여라."

자식에 대한 그리움으로 기동양반의 눈시울이 붉어지고 있었다.

당질은 마을 어귀에서 우연하게도 순득이를 만났다. 순득이 지게에 목발을 받치고 쉬고 있었다. 순득은 돌아온 기동댁이 어떻게 되었는지 궁금하던 차에 당질을 만났으니 무슨 소식을 전해주려나 하고 그의 입을 바라봤다.

"여보게 순득이, 자네 좋은 일 한번 안할랑가?"

"뭔디요?"

"시방, 싸게 어디 좀 다녀와 줄랑가? 댕겨온 뒤에 나가 술 한상 사겠네."

"아따, 먹고 죽은 귀신은 때깔도 좋다는디, 거절할 이유가 없지라."

"피서리에 있는 치길이 외가 알제."

"암요. 그 집이라면 눈감고도 찾아갈 수 있지라. 그런디 왜요?"

순득은 아직 기동양반의 귀환 사건이 끝나지 않았고, 자신이 할 일이 있다는데 마음이 다시 꿈틀거리기 시작했다.

"거기 가서 기동댁에게 아그덜 데리고 내일 아침 일찍 오라고 전해주게나."

순득은 이야기꺼리가 이제부터 시작되는 것 같아 신바람이 나서 지게를 그대로 세워 둔 채로 바람처럼 피서리를 향해 달음질쳤다.

한편, 기동양반은 숫돌에 면도를 갈고 있었다. 자식을 만나는데 텁수룩한 모습을 보여주고 싶지 않았다. 그는 내일이면 자식을 볼 수 있다는 기쁨에 마음이 들떠 있었다.

그는 기동댁의 재혼을 주선한 당질이 밉다가도 어떻게든 다시 연결해 주려고 하는 마음 씀씀이 고마웠다. 그러나 아직 아내에 대한 노여움이 사라진 것은 아니었다.

기동양반은 뜬눈으로 밤을 보냈다. 그는 새벽부터 방문을 열어젖히고 기동댁이 애들을 데리고 나타나기만을 기다리고 있었다. 초봄의 찬 기운이 알싸하게 느껴졌지만, 그의 가슴에는 뜨거운 부성애가 타오르고 있었다.

"아부지."

"아부지."

치길이와 문자가 문간에 들어서면서 아버지를 찾는 소리가 들렸다.

기동양반은 뛰쳐나가 자식을 와락 껴안아 주고 싶었지만 자식의 손을 잡고 있는 기동댁을 보고는 꾹 참고 있었다.

"치길이 아부지, 나가 정 용서가 안 되면 문간방 하나만 주시오. 그 문간방에서 이 집 좋이다 하고 애들 데리고 살라요. 당신 근처에는 얼씬도 안 하고 밭에 나가서 이 집 일꾼이다 하고 살라요. 품삯 같은 것 안 받고 죽도록 일만 할 탱께, 문간방에 살게 해주이쏘. 나가 죄값을 치르는 것이라 생각하고 일만 할 탱께…."

기동댁이 울음보를 터트렸다.

"아부지, 그렇게 해주이쏘."

"아부지, 엄니 말대로 그렇게 해주이쏘."

치길이와 문자가 기동댁을 따라 울면서 아버지를 바라봤다.

기동양반은 형언할 수 없는 감정이 되어 하늘을 바라봤다. 아부지, 아부지하며 자신을 부르는 자식의 목소리가 가슴에서 메아리쳐 들려왔다.

그가 엉거주춤 결정을 못하고 있는 사이, 애들이 기동댁의 손을 잡아끌고 문간방에 들어서고 있었다.

4

칠복이

4

"죽으면 안 되지! 누구 맘대로 죽어? 아무나 죽는게 아니야!"
 장례예배를 드리고 있는데 조문실 앞에 황씨가 영정 쪽을 향해 소리쳤다.
 "어이 김씨! 당신이 죽는 건 용서할 수 없지. 그렇게는 안 되지!"
 '며칠 후, 며칠 후 요단강 건너가 만나리.' 교인들이 부르는 찬송가의 후렴을 헤집고 사내가 내뱉는 탁음이 망자의 죽음을 거부하고 있었다.
 "누구 맘대로 요단강을 건너가? 요단강인지, 삼도의 강인지는 몰라도 그 냇깔에는 발도 담글 수 없지. 어림없는 소리는 하지를 마!"

교인들은 일제히 사내 쪽을 바라봤다.

목사는 난감했다. 망자가 죽음의 강을 건넜다고 하는데도 사내는 한사코 강을 건널 수 없다고 우기는 것이 못 마땅했다. 그렇다고 엄숙한 순간에 그를 설득시킬 뾰족한 묘수도 없었기에 목사는 사내보다 큰 목청으로 기도하기 시작했다.

"하늘에 계신 아버지, 당신의 종이 이 땅에서 할 일을 다 마치고 아버지께로 갔사오니 그의 영혼을 받아주시고 안식을 주옵소서."

목사의 기도를 비집고 사내가 다시 들어왔다.

"아니지. 할 일이 남아있지. 할 일이 아직 안 끝났는데 어디로 가? 어림없지!"

목사의 기도소리는 그가 내지르는 소리에 곧 묻혀버렸다.

"죽어서는 절대 안 되지. 어림도 없지. 내가 살아있는 한, 당신은 못 죽어! 암, 못 죽고말고."

사내는 상주인 딸들에게 이끌려 밖으로 나가면서도 고개는 영정 쪽으로 돌리고 계속해서 소리쳤다.

"김씨! 내 말 들려? 당신 맘대로 못 죽는다고!"

칠복이는 아버지 김씨의 영정을 올려다보며 히죽히죽 웃고 있었다.

"아버지 이뿌다, 헤헤"

김씨의 영정은 젊은 날에 찍은 사진인 듯, 환하게 웃고 있었다. 파안대소하는 김씨의 영정이 황씨에게는 '용용 골라지?'하는 표정으로, 교인들에게는 무사히 요단강을 건넜으니 염려하지 말라는 표정으로 보였다. 다만 칠복이만은 웃고 있는 아버지를 보면서 '아버지 이쁘다'는 말을 되풀이하고 있었다.

전도사가 목사에게 물었다.
"칠복이 아버지를 보내지 않으려고 몸부림치는 저 분은 누굴까요? 오죽 정이 깊으면 저러시는지 눈물겹네요."
"…."
"칠복이 아버지의 죽음을 당연하게 받아들이고 있는 저희들이 오히려 민망하네요. 안 그런가요? 목사님! 이생에서 저 정도의 인연은 있어야 사는 맛이 있죠."
"쓸데없는 소리하지 말고 어서 갑시다."
장례예배를 마치고 돌아가는 교인들의 뒤통수에 대고 황씨는 더 크게 소리 질렀다.
"내가 안 놔주면 천당이고 지옥이고 못가!"
분향단 위에서 중간쯤 타들어가고 있는 향냄새가 생의 허망함을 산 자들의 콧구멍 속으로 꾸역꾸역 밀어 넣고 있었다.

자정이 가까워지자 문상객도 끊겼는지 한산했다.

"아버지, 이쁘다."

칠복이 아버지의 영정을 아예 내려다가 주저앉은 다리 사이에 놓고 얼굴을 손바닥으로 쓸어내리고 있었지만 더 이상 문상을 오는 사람이 없다고 생각한 화자와 정자는 칠복이 하는 행동을 내버려두었다.

"배고프다. 밥 줘. 아버지 이쁘다."

"아으, 못난 놈! 저걸 애지중지한 아버지도 알 수가 없네."

칠복이 웃고 있는 영정을 바라보면서 칭얼대자 화자가 떡을 가져다 칠복의 손에 쥐어주면서 툭 말을 던져놓고 사라졌다.

김씨가 죽었다는 것을 인정하지 않는 사람은 황씨 외에도 칠복이었다. 그러나 그 이유는 사뭇 달랐다. 황씨는 김씨가 빌려간 돈 때문에 황당한 죽음을 인정하고 싶지 않았지만 칠복은 죽음이 무엇인지 조차 몰랐다.

그러나 황씨와 칠복이의 인연은 죽은 김씨로 인해 생긴 것이고 보면 운명이라는 것도 우연에서 비롯된다고 할 수 있었다.

김씨가 황씨를 찾아간 것도 칠복이 아니었으면 갈 필요도 없었고, 황씨가 돈을 빌려주지 않았으면 전당포에서 돌아오는 길에 차에 치어 죽을 일도 없었다.

김씨는 특별하게 가진 기술은 없었지만 일상에서 필요한 잡다한 일은 원만하게 잘해서 이곳저곳 불려 다니는 날품팔이로 생활을 해나갔다. 그가 교회를 나간 이유도 교인들과 얼굴을 익혀 일을 얻기 위한 목적이었다.

그렇게 얼굴을 익혀 일이 짭짤하게 들어오고 특히 황씨에게 돈까지 빌렸으니 그가 죽을 까닭이 없었다. 그런데도 그는 죽음의 강을 훌쩍 뛰어넘어 버릴 운명이 정해져 있었다.

인간의 운명은 말이 안 되게 우스꽝스럽고 억울해도 복기할 수는 없었다. 그럼에도 복기하여 보면 딱 외통수에 빠질 수밖에 없다는 것을 알게 된다.

다급하면 임금님의 상투라도 붙잡는다고 천만 원이 급하게 필요한 김씨는 왕년에 거리의 오야봉인 황씨를 찾아갔다. 그리고 정한 날짜에 이자가 밀리거나 빌려간 돈을 갚지 못하면, 채무자가 채권자의 신체에 위해를 가해도 채무자가 민형사상 책임을 묻지 않는다는 신체포기각서를 써주고 돈을 빌렸다. 말하자면 돈을 빌리는 순간, 김씨의 생사여탈권은 황씨에게 있었다. 그러나 황씨는 그 권리를 털끝만큼도 행사해 보지도 못하고 김씨의 부고를 받게 되었으니 화가 날만도했다.

영안실의 김씨는 환하게 웃으며 황씨를 바라봤다. 최소한 영정

사진은 그랬다.

'고맙소. 천만 원은 잘 썼소.'

황씨가 보기에 김씨가 그렇게 말하고 있는 것만 같아서 화가 더 났다.

영안실에는 돈과 관계된 사람이 황씨 말고도 가해차량 보험회사에서 나온 사람이 아까부터 김씨의 딸들과 이야기를 나누고 있었다. 보상금을 합의하기 위해서 온 것이 분명했다.

황씨는 향이 모락모락 피어오르는 사이로 환하게 웃고 있는 김씨를 다시 바라봤다.

'그런데 내 딸들이 천만 원을 순순히 갚을지는 나도 모르겠소. 어떻게든 받아가세요.'

어째 황씨의 마음에 돈을 못 받을 것만 같은 불길한 예감이 들었다. 김씨의 미소가 그렇게 말해주는 것처럼 느껴졌다.

황씨는 가해차량 보험회사가 마치 김씨의 신체포기각서를 중간에서 가로채가 버린 것만 같아 울화가 치밀었지만 상주에게 받아내면 그만이라는 생각이 들었다.

"정자야, 아무래도 그렇게 큰돈을 빌린 것은 우리 몰래 칠복이 앞으로 뭔가 해주려고 한 게 아닐까?"

언니 화자가 동생에게 물었다.

"그러긴 해. 아버지가 그런 큰돈이 갑자기 필요하진 않을 텐데."

"모자란 애한테 현금이나 주식을 줬을 리는 만무하고 그 돈으로 뭘 해줬을까?"

그녀들은 뭔가를 아버지가 칠복을 위해 남겼을 것이라는 데에 쉽게 의견이 일치했다.

"목돈을 빌린 걸 보면 칠복이 이름으로 땅 같은 걸 사지 않았을까?"

"세상에, 그 양반이 쥐엄나무에 도깨비 꼬이듯 궁하게 살면서도 칠복이를 생각했네."

"어쩜 우리에겐 숟가락 하나 남겨주지 않고, 아들만 지 자식이라 여긴 건, 우리도 섭섭하지."

"그런데 잘못되면 아버지가 진 빚을 우리가 대신 갚게 생겼다야."

화자가 정자에게 넌지시 아버지가 진 빚이 우리에게 넘어올 수 있으니 일찌감치 손을 떼라는 식으로 말을 던졌다. 화자의 생각은 정자 몰래 어떻게든 칠복이 몫으로 숨겨진 유산을 찾아 혼자서 차지하고 싶었다.

정자 생각 역시 언니와 다르지 않았다.

정자는 밖으로 나가 남편에게 전화를 걸었다.

"여보, 칠복이 이름으로 임야가 있나 좀 알아봐 줄래요?"

남편은 상주인 아내가 갑자기 칠복이 이름으로 된 임야를 찾아보라는 말에 어이없어 하며 전화를 끊으려 하자 그녀는 다급하게 말했다.
"아버지가 숨겨놓은 재산을 찾아야 한단 말예요."
"장인어른이 숨기고 자시고 할 재산이 어디에 있다고 그래?"
대답대신 손전화에서 남편의 퉁명스런 말이 새어나왔다. 정자는 남편의 우둔함에 화가 난 듯 손전화에 대고 큰소리로 말했다.
"그 양반이 칠복이를 위해 목돈을 빌렸다니까. 돈 빌려 준 황씨가 찾아와 난리도 아니에요."

칠복은 아버지의 영정을 안은 채로 벽에 비스듬히 기대어 잠이 들어 있었다. 김씨는 그렇게 아들의 품에 안겨 흡족한 듯 환하게 웃고 있었다.
장례식장 사무실에서 의논할 게 있다며 아무나 와 달라는 연락이 왔다. 화자와 정자는 서로 얼굴을 마주보더니 같이 사무실로 갔다.
"염에 입혀드릴 수의를 상의 드리려고 오시라고 했습니다."
직원이 수의 샘플을 내보이며 그녀들에게 물었다.
"얼만데요?"
그녀들은 동시에 합창을 하듯 직원에게 되물으면서 어쩜 이리도 생각이 같을까하며 서로 마주보며 웃었다.

직원이 수의샘플을 손으로 쓰다듬으면서 말했다.

"이건 국산인데 40만원이구요. 더 좋은 것이 있긴 합니다만 그건 100만 원대라서 찾는 분에게만 말씀을 드립니다. 황천길이 먼 데 가시는 길에 좋은 옷이라도 한 벌 해드려야 하지 않겠어요?"

"국산 말고 중국산은 없나요?"

"아, 저렴한 것을 찾으시군요? 당연히 있지요."

직원이 서랍에서 중국산 수의를 꺼내 책상 위에 올려놓았다.

"그건 얼만데요?"

정자가 물었다.

"25만원입니다."

"너무 비싼데 좀 더 싼 거 없어요?"

"15만 원짜리가 있긴 한데, 얼멍얼멍해서 속이 다 비칩니다. 그건 연고자가 없이 길에서 횡사한 행려병사자나 입히는 건데…."

"잠시 만요. 언니랑 의논하고 말씀 드릴게요."

그들은 사무실을 나와 복도에 서서 진지하게 말을 주고 받았다.

"언니, 무슨 수의를 입던 돌아가신 아버지가 알겠어요? 그리고 화장터에 가면 그게 그건데 가장 저렴한 것으로 하죠? 언니 생각은 어때요?"

"나도 같은 생각이야. 장례비용을 절감해야지. 어차피 장례 치르고 남는 부조금은 너랑 나랑 나눌 건데. 생각해봐, 아버지가 우리 모르게 칠복이 몫을 숨겨 두었는데, 부조금이라도 절약해서 나눠가져야 하지 않겠니?"

"역시 언니는 실속파야. 그럼 언니가 가서 15만 원짜리로 해달라고 말해!"

"계집애가 입장이 곤란한 건 꼭 나를 시키네. 알았어."

화자는 입을 삐쭉거리면서 사무실로 들어갔다.

칠복은 영정 앞을 떠나지 않았다. 아버지 김씨를 기다리는 것 같았다. 문상객이 김씨 영정에 절을 하면 그도 따라서 절을 해대며 히죽히죽 웃었다.

"아버지 이뿌다."

오늘도 아침부터 황씨가 와서 소란을 피우고 있었다. 어제보다는 덜하지만 김씨의 두 딸들이 들으라는 식으로 조문실 허공에다 대고 비눗방울을 띄우 듯 말을 던졌다.

"다급하게 돈을 가져갈 땐 언제고, 이제와선 나 몰라라 오리발 내밀면 안 되지."

그는 문상객이 올 때마다 목청을 높여 투덜거렸다.

"아저씨, 너무 하잖아요. 그 깐 돈이 뭐라고 돌아가신 분 앞에서 그러세요?"

화자가 참지 못하고 황씨를 노려봤다.

"올 커니? 말 잘했소. 여기 당신 아버지가 써준 신체포기각서가 있소. 내 동의 없인 화장장이고 공동묘지고 한 발짝도 나가지 못해요."

황씨가 안주머니에서 각서를 꺼내 흔들어 보였다.

"신체포기각서라 했어요? 그거 불법인거 아세요? 이 양반이 보자보자 하니까 너무 하네."

"허, 똥 낀 놈이 큰소리친다더니, 아버지가 빌려간 돈은 저희들이 갚겠습니다. 하고 사정해야 할 판에 적반하장도 유분수지."

"아니, 그게 말이여, 염불이여? 아버지가 돈 빌릴 때, 우리가 봤어요? 보증을 섰어요?"

"못 갚겠다 그 말이여?"

"아버지가 당신하고 무슨 흥정을 했는지는 모르지만 우리가 왜 그 돈을 갚아?"

화자가 황씨의 턱밑으로 삿대질을 하며 대들었다.

황씨가 영정 앞에 퍼질러 앉아 히죽히죽 웃고 있는 칠복이를 가리키며 화자에게 눈을 부라렸다.

"앰병할, 느그 아버지가 저 칠뜩이 땜에 내게 돈을 빌러 갔다고!"

"그라면 저 칠뜩이에게 돈을 받으면 됐지. 여기서 행패는 뭔 경우여?"

화자도 지지 않을세라 황씨에게 머리를 들이밀며 대들었다.

"이런 느자구없는 년, 어디다 삿대질이야."

소리가 커지자 상조회 직원인 듯한 여자가 와서 두 사람을 뜯어 말렸다.

"어디 돈을 갚나, 못 갚나 끝까지 해보자."

화자는 아버지가 칠복이를 위해 돈을 빌렸다는 사실을 황씨로부터 듣고는 어디엔가 칠복을 위해 아버지가 숨겨둔 것이 명확해졌다고 생각했다.

"아버지, 언제 와? 나 배고파."

영정을 올려다보며 천진난만한 아기처럼 구는 칠복을 보고 황씨는 말했다.

"에이, 재수 없는 놈!"

황씨는 칠복을 보면서 저런 애 때문에 김씨에게 자신이 돈을 빌려줬다는 때늦은 후회를 했다.

김씨가 급전을 빌리게 된 연유는 칠복이 깨부순 불상 값을 물어주기 위함이었다. 부인할 수 없는 결정적인 증거는 칠복의 호주머니에서 깨진 불상조각이 나왔기 때문이었다.

그날은 전당포 주인이 여름휴가를 떠나고 문에는 '여름휴가로 당분간 영업 않습니다.'라는 문구가 붙여져 있었다. 여름은 길었고, 동네 불량소년들에겐 무엇인가 화끈한 일을 저질러 여름의 지루함에서 벗어나고 싶은 충동이 봄불처럼 일어났다. 그들에게 전당포의 안내 문구는 충동을 갖게 했다. 그들은 서슴없이 문 잠금쇠를 풀고 전당포에 들어갔다.

그들에겐 금고를 털만한 배짱은 없었다. 전당포에서 가지고 나온 것은 달랑 손바닥만 한 불상 하나였다. 그들이 딱히 금고에 손을 대지 않은 까닭은 단지 절도행위에 대해 긴장감을 즐기는데 목적이 있었다.

아뿔싸, 불상을 가지고 나오던 아이가 그만 문턱에 걸려 넘어지는 바람에 불상은 박살이 나고 말았다.

하필 이때 칠복이 전당포 앞을 지나가고 있었다. 그들은 칠복을 불러 전당포 앞에 세우고는 말했다.

"칠복아, 너 꼼짝 말고 여기 서 있어. 여기 서 있으면 느그 아버지가 데리러 올 거야. 알았지?"

칠복은 아버지가 데리러 온다는 말에 좋아서 고개를 끄덕였다.

칠복은 달아나는 아이들을 바라보면서 손을 흔들었다. 그리고 아버지가 올 때까지 그곳에 마냥 서 있었다.

해가 늬엇늬엇 지고 있었다. 칠복은 깨진 불상조각을 주워 들었다. 석양볕에 청동조각에서는 무지개 빛깔이 아롱거렸다. 칠복은 신기해서 눈높이로 들어 올려 청동조각에서 부서지는 찬연한 빛깔을 즐기고 있었다. 그는 그것을 호주머니에 주어 담고 아버지가 나타나길 한 없이 기다렸다.

밤이 깊어서야 칠복이 집에 돌아왔다. 그는 아버지를 보자 울먹거리며 말을 했다.

"아버지 미워, 미워."

전당포 절도사건은 경찰에서 조사가 시작되었고 동네 불량소년들이 붙들러 갔는데 그들은 하나같이 칠복이 불상을 가지고 전당포에서 나오는 것을 보았다고 진술했다.

경찰은 칠복을 경찰서로 데려갔고, 칠복의 호주머니에서 청동 불상조각이 나오자 꼼짝없이 범인으로 몰리게 된 것이다.

잡혀 온 칠복이 벌쭉이 웃으며 책상 위에 놓인 증거물인 불상을 가지고 노는 것을 본 경찰이 김씨에게 말했다.

"정박아인 칠복을 교도소에 보낼 수는 없는 노릇이니 전당포 주인에게 깨진 불상을 보상하도록 해보세요."

"네, 고맙습니다."

"보상이 안 되면 그땐 할 수 없이 칠복이를 재판에 넘길 수밖에 없으니, 전당포 주인이 하자는 대로 하는 것이 좋겠네요."

김씨는 칠복을 데리고 경찰서를 나왔다.

여름햇살이 산란하듯 눈부시게 이들 부자의 등판을 흥건하게 적시고 있었다.

김씨는 전당포를 찾아갔다.

"죄송합니다. 불상을 보상하려고 하는데 얼마를 준비해야 할까요?"

전당포 주인이 코에 걸친 두꺼운 돋보기 너머로 김씨를 위 아래로 훑어보았다.

"그거 국보급 석가여래청동불상입니다."

"죄송합니다."

김씨는 두 손을 다소곳이 모으며 좀 봐달라는 몸짓을 했다.

"돈으로 환산할 수 없는 가치예요."

"그래도 보상금액을 말씀해 주시면…."

전당포 주인은 한 참 동안 뜸을 들이더니 단호한 어조로 말했다.

"내가 당신 아들의 상태를 고려해서 봐 드리는 겁니다. 천만 원만 주세요."

'아들의 상태'라는 그의 표현은 모자란 데가 있는 정박아라는 의미로 한 말인데 평소 같았으면 김씨가 격하게 분노했겠지만 지금은 그럴 수 없었다.

천만 원이라는 말에 김씨는 잘 못 들었는가 하며 자신의 귀를 의심했다.

"얼마라고 말씀하셨지요?"

"천만 원이요."

김씨는 현기증을 느꼈다. 그는 일생동안 그런 큰돈을 한 번도 만져본 적이 없었다. 그는 알았다며 전당포를 나왔다.

돈을 어떻게 마련할지? 김씨는 잠이 오지 않았다. 지구상에 사는 80억 명 중에 김씨가 도움을 요청할 손길은 단 한군데도 없었다.

딸들에게 말해봤자 답은 들으나마나였다. 딸들은 어렸을 때부터 칠복이를 짐스럽게 생각했기 때문에 칠복의 문제해결을 위해 보상이냐? 감옥이냐? 중 하나를 선택하라면 당연히 후자를 선택할 것이 뻔했기에 딸들에게 기대할 수는 없었다.

천지에 칠복을 보호해 줄 사람이 아비인 자신 밖에 없다는 생각이 들자 아들이 한 없이 가엾어졌다.

이런 아비의 마음을 알 길이 없는 칠복은 아버지 곁에 누워서 수염이 까칠한 아버지의 턱을 만지작거렸다. 김씨는 고리대금업자인 황씨가 생각났다. 금리는 관심 밖의 일이었다. 지금은 불이라도 집어먹어야 하는 처지지만 담보라고는 없는 불알 두 쪽 뿐인 자신에게 황씨가 순순히 돈을 빌려줄 것 같지 않았다.

그는 황씨를 찾아갔다.

"내가 뭘 믿고 김씨에게 천만 원이라는 거금을 빌려주겠소?"

김씨의 걱정은 적중했다. 첫 마디에 황씨는 거절했다.

"내가 비록 가난한 처지지만 아직 단 한 차례도 누구 돈을 떼먹은 적이 없어요. 한 번만 믿어 보세요."

김씨는 애원하다시피 매달렸다.

"이자가 높다는 것은 알지요?"

"네, 알고 있습니다."

"그런데 그렇게 다급하게 돈이 필요한 이유가 뭐요?"

"아들 때문인데, 빌려만 주시면 꼬박꼬박 이자를 내겠습니다."

"아들이 장가라도 드는가 보군요. 이래서 부모는 전생에 빚쟁이라니까요."

황씨의 말투로 봐, 돈을 빌려줄 모양이었다. 그는 신체포기각서를 받고 김씨의 통장에 천만 원을 입금시켜주었다.

김씨는 천만 원을 들고 뛰다시피 전당포로 향했다.

그는 걸으면서 속으로 외쳤다. '아들아, 기죽지마라. 이 아비가 있잖니, 하늘 아래 누가 없어도 네겐 내가 있고, 내겐 네가 있

으니 무엇이 두렵겠냐! 까짓것 불상이야 깨질 수도 있지. 아들아, 기죽지 말고 살자!'

칠복이 히죽히죽 웃는 모습이 눈 안 가득 들어왔다. 김씨는 크게 숨을 들이키며 스스로에게 용기를 불어넣어 봤지만 어느덧 눈가에는 이슬이 맺혀있었다.

김씨는 전당포 주인의 손에 돈을 쥐어주고 홀가분한 기분이 들었다. 부지런히 일을 해서 갚으면 된다고 생각했다. 낮에 일해서 부족하면 밤에도 일하면 못 갚을 것도 없다고 생각했다. 그보다 경찰서에 불려간 칠복이 얼마나 놀랐을까, 마음에 상처는 받지 않았을까 생각하니 마음이 아팠다.

오늘은 아들이 좋아하는 돈가스를 만들어 줘야겠다는 생각을 하며 길을 건너고 있었다. 그때 그를 향해 쏜살같이 달려오는 차를 그는 미처 보지 못했다. 사람들이 웅성거리고 어디에서 구급차가 앵앵거리는 소리가 들린다는 느낌을 끝으로 김씨는 눈을 감았다.

영안실 복도에서 정자가 남편과 통화를 하고 있었다.

"알아봤는데 칠복이 이름으로 된 땅이 없었다고? 어디다 감춘 거지…."

정자는 다소 실망스런 음성으로 남편에게 말했다.

"아버지 통장 잔고는 조회해 봤어?"

"조회해 봤는데, 대출한 흔적밖엔 없다고?"

정자는 전화를 끊고 언니에게로 갔다. 숨겨놓은 유산을 찾는 게 문제가 아니고 자칫 잘못되면 아버지가 진 빚을 갚아야한다는 말을 했다.

화자도 같은 생각을 하고 있었는지 정자를 보자마자 입을 열었다.

"정자야, 재판으로 가면 꼼짝없이 우리가 빚을 갚아야 하는데, 우리가 무슨 죄가 있다고 아버지가 빌린 돈을 갚아?"

"그러게, 언니는 어떻게 하려고?"

정자가 언니의 반응을 예의 주시했다.

"아버지의 유산을 받지 않겠다는 유산포기서를 써서 법원에 제출하면 아버지가 진 빚을 갚지 않아도 된다는데 그렇게 하자."

영정 앞 단에는 향이 타고남은 재만 쌓여 있었다. 딸들은 원망스럽다는 듯 아버지의 영정을 바라봤다. 김씨가 환하게 웃고 있었다. 용용 골라지? 하는 표정으로 김씨는 딸들을 내려다봤다.

영구차에 황씨가 타고 있었다.

화자가 황씨에게 말했다.

"세상에 어떻게 장지까지 따라와요?"

황씨가 무표정하게 대답했다.

"내가 김씨를 봐 주는 거여. 그렇다고 돈을 포기하는 것은 아니야. 당신들이 이자까지 쳐서 꼭 갚아야 해."

화자는 더 이상 대꾸를 하지 않았다.

영구차는 달려 하늘공원묘지로 들어서고 있었다. 공원묘지 입구에는 청승맞게도 철지난 붉은 접시꽃이 피어 있었다.

인부들이 미리 파놓은 구덩이에는 김씨보다 먼저 여름햇살이 가득 들어앉아 있었다. 유골이 담긴 단지가 구덩이에 내려지자 김씨의 딸들이 소리 내서 울기 시작했다. 그녀들은 아버지가 묻히는데 울지 않았다는 말을 듣고 싶지가 않았다.

황씨는 눈물 없이 통곡하는 김씨의 딸들을 우두커니 바라봤다. 가식적인 슬픔을 억지로 짜내는 그녀들의 모습을 보면서 갑자기 김씨가 불쌍하다는 생각이 들었다.

황씨가 칠복이에게로 눈길을 돌렸다. 김씨의 묘소 앞에 앉아 있는 칠복은 울지 않았다. 그는 입김을 호호불어 영정을 자신의 옷소매로 닦으면서 아까부터 같은 말을 하고 있었다.

"아버지, 언제 와? 아버지, 이뿌다 이뿌다."

황씨는 영정을 보며 헤죽헤죽 웃고 있는 칠복이의 모습에서 형언할 수 없는 빛이 느껴졌다. '저 녀석이 죽어야 비로소 김씨가 죽는 거구나!'하는 생각이 들었다. 죽음이란 주검의 상태가 아니라 마음에서 잊히는 것이란 생각이 들자 칠복이 다시 보였다.

생각해 보면 칠복에게는 돈도, 집도, 그 어느 것 하나도 구차한 것이었다. 오직 아버지만 있으면 세상을 다 가진 거와 같았다.

"여보시오. 김씨! 아들 하나는 잘 두었구려. 천만 원이 아니라 천만금을 주고라도 아들을 지키고 싶었던 김씨의 마음을 이제 알겠소."

황씨는 호주머니에서 김씨가 써준 신체포기각서를 꺼내 갈기갈기 찢어 공중에 뿌렸다. 그리고 김씨에게 마지막 인사를 했다.

"이젠 당신에게 받을 게 없소. 칠복이 다 갚은 거요. 편히 잘 가시오."

신체포기각서 한 조각이 바람에 날려 김씨의 유골함 위로 떨어졌다. 인부들이 그 위로 흙을 쏟아 넣고 있었다.

칠복의 품안에서 김씨가 환하게 웃고 있었다.

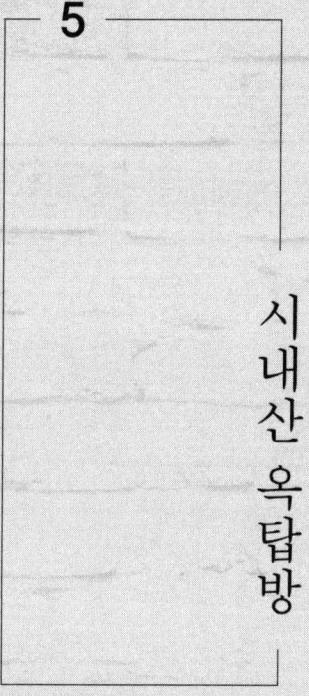

5

시내산 옥탑방

5

평소 같으면 새벽부터 온종일 일을 하면 몸이 파김치가 되어 잠자리에 쓰러지자마자 곧장 잠들어버렸을 공만복은 오늘 따라 몸을 뒤척이며 창밖을 향해 귀를 나발통처럼 열고 바람소리에 온 신경을 쓰고 있었다.

오후까지는 대한해협으로 빠져나갈 것이라던 태풍 '린다'가 갑자기 진로를 바꾼 것이다. 저녁마감 뉴스 말미에 제주 서북 혹산도를 거쳐 내일 새벽이면 남해안에 상륙할 것이라던 아나운서의 또랑또랑한 목소리를 굳이 기억하지 않고서도 그는 예사롭지 않은 바람소리로 태풍이 가까이 오고 있다는 것을 직감하고 있었다.

도시의 밤은 짙은 어둠 속으로 빠르게 함몰되어 갔다. 그 어둠 속에 빗줄기는 수직으로 서서 때가 절은 아스팔트와 지붕과 골목길을 씻어내고 있었다.

　빗줄기는 더욱 굵어지고 있었다. 옥탑방은 종각 바로 아래에 있었기 때문에 공만복은 누워서도 빗줄기의 굵기와 강도를 가늠할 수 있었다. 옥탑방 슬래브 지붕 위에 모자처럼 얹힌 양철종각은 속이 텅 비어있어서 작은 빗줄기에도 공명을 일으켰다. 그 공명은 그대로 공만복이 사는 옥탑방으로 전해졌다. 장대비가 쏟아지는 한여름의 빗소리는 옥탑방에서는 나이아가라 폭포에서나 들을 수 있는 웅장한 소리로 바뀌었다. 여름철 장마기간 내내 먹구름은 비를 몰고 오고, 비는 다시 소리를 몰고 와서 옥탑방을 흔들어댔다.

　종각을 설치하는 일로 하루 내내 허드렛일을 한 아내는 피곤했던지 벽을 향해 새우잠이 들어 있었다. 공만복은 동그랗게 사린모양의 그녀를 내려다보면서 혀를 찼다. 아니 이 여자는 걱정도 없나? 멍청하니까 제 앞길을 재보지 못하고 쥐뿔도 없는 전도사에게 시집을 왔겠지. 눈이 삐었다면 부모라도 말렸어야지. 아무나 사모가 되는 것 아니라고 말렸어야지. 괜히 화가 난 그는 어느 틈에 장인 장모에게까지 화살을 쏘고 있었다. 그의 그런 말은 고생하는 아내에 대한 안쓰러움이 배여 있는 투정같은 것이었다. 그는 아내가 새벽기도 시간까지는 편히 잘 수 있도록 푹신한 베개를 아내의 목덜미에 집어넣으면서 긴 한 숨을 쉬었다.

공만복은 상체를 일으켜 쪽창의 커튼을 들어 올려 밖을 내다봤다. 옥상의 등불 아래 집주인 박영감이 가끔씩 손질하던 행운목 화분이 바람에 넘어져 있었고, 빨랫걸이 외줄이 빗물에 후줄근히 젖어있었다. 그는 올렸던 커튼을 내려놨다. 빗속을 내달리는 자동차소리가 파도소리마냥 간헐적으로 들려왔다. 이처럼 들리는 것은 밤이 깊었기에 도로에 차들이 그만큼 줄어들었다는 것을 의미했다.

공만복은 발치에 잠든 아내를 내려다보면서 싱겁게 웃었다. 이곳에 이사 오던 날도 공교롭게 비가 왔었는데, 대낮의 하늘은 먹장구름에 갇혀 어둑어둑하고 천둥 번개를 동반한 세찬 빗줄기가 내렸었다. 아내는 쪽창에 턱을 받친 채로 가리사니 없는 말을 했다.

"여보 여기가 시내산 같아요. 모세가 십계명을 받은 시내산요. 저 먹구름하며 천둥번개 속에 우뚝하니 서 있는 여기가 시내산 같아요."

아내의 마음은 이해할 수 있었다. 보잘 것 없는 옥탑방에서 신혼을 시작해야했기에 그녀의 말 속에는 남편을 위로하는 뜻도 숨겨져 있었다.

"십계명은 오늘날 성경과 같은 하나님의 말씀이잖아요. 여보, 좋은 생각이 났는데요. 교회이름을 창세기의 첫 구절인 '태초에 천지를 창조하시니라'의 '태'자하고 요한계시록의 마지막 구절인 '주 예수여 어서 오소서 아멘'의 '멘'자를 따서 교회 이름을 '태멘교회'라고 하면 좋겠어요."

그렇잖아도 공만복은 교회이름을 무엇으로 할지 걱정을 하고 있었는데 아내의 뜬금없는 소리에 귀가 번쩍 뜨였다. 골똘히 생각해 봐도 마음에 드는 이름이 없었다. 사실 교회가 너무 많아 웬만한 이름은 이미 자리를 잡고 있었다. 제일교회, 중앙교회가 가장 많고 복된교회, 행복한교회, 한빛교회가 있는가 하면 잘나가는교회라는 다소 웃음기가 이는 이름도 있었다. 만복교회가 좋기는 했지만 자신의 이름과 겹쳐 보여 자칫 개인소유 같다는 오해를 살 수 있다는 생각에 그만 두기로 했다. 이런 공만복의 심정을 알기라도 한 듯 그의 아내가 교회이름을 작명한 것이었다. 어쩌면 하나님이 아내를 통해 가장 좋은 이름을 선물한 것이리라 그는 생각했다. 공만복은 '태멘교회'라는 이름이 마음에 들었다.

오늘은 종각을 세우는 날이었다. 말이 종각이지 종각에는 종이 있는 것이 아니었다. 그것은 어릿광대 삐에르의 고깔모자 모형으로 철골 위에다 양철을 덧입힌 것이었다. 대부분 일반건물에 세들어있는 개척교회에선 이런 기성품을 사다 세웠다. 그리고 고깔 모양의 종각은 교회를 상징하는 구조물로 자리를 잡아갔다. 삐에르 종각은 개척교회의 열정과 순수함 보다는 목회자의 가난과 고생을 떠올리게 했다.

교회를 개척하려면 중산층 정도가 사는 곳을 선택하는 것이 보통인데 배웠다는 지식인이나 돈푼깨나 있는 부자들은 자신의 신분상승을 고려해 대부분 이름이 나 있는 큰 교회를 선호했다. 그러나 그들에게 노블레스 오블리주의 책임감은 없었다. 또한 가난한 사람들은 주일에 일을 해야 했음으로 개척교회가 요구하는 예배참석에 부담을 갖게 되었다. 그래서 개척교회 목회자는 지역선택에 신경을 쓸 수밖에 없었다. 일단 개척지역이 설정되면 전세나 월세에 부담되지 않는 적당한 건물을 계약하고 필수적으로 종탑이나 종각을 사다 설치하는 순으로 자리를 잡는 것이 보통이었다. 특히 종각은 여기가 교회입네 하는 광고효과가 있었기 때문에 신경을 아니 쓸 수 없었다. 그런데도 궁핍한 살림을 사는 개척교회 입장에서 종각은 큰 부담이 되었다.

공만복은 종각을 공짜로 얻을 수 있게 된 것을 무척 만족해하고 있었다. 선배가 꾸려나가던 개척교회가 일 년을 버티지 못하고 문을 닫으면서 철거된 종각을 그냥 얻어 온 것이었다. 문제는 그 다음에 발생했다. 건물주 박영감이 절대로 종각을 설치할 수 없다며 손사래를 쳤던 것이다. 처음부터 박영감은 3층에 교회가 들어오는 것을 못마땅해 했다. 거간을 맡은 복덕방이 당구장 나간지가 여섯 달이나 되었지만 여태 들어올 사람이 없는 판에 교회면 어떠냐며 몇 날을 설득한 끝에 몇 번이고 시끄럽게 하지 않고 없는 듯이 있겠다는 다짐을 받고서야 겨우 계약이 성사되었던 것이다. 박영감의 말은 3층에 교회가 들어오면 밑층에 세가 나가지 않는다는 이유에서였다.

그런데 옥탑에 종각을 올리겠다하자 그는 화를 버럭 내는 것이었다.

"공씨! 무슨 생뚱맞은 소릴! 아주 남의 건물 배릴려고 작정을 해도 유분수지."

길바닥에 누워있는 종각은 훨씬 커 보였다. 박영감은 공만복과 종각을 번갈아 보면서 구시렁거렸다.

"어르신, 종탑이 있어야 교회 줄 알고 사람들이 오지요. 기왕 편의를 봐 주시기로 했으니 좀 봐 주십시오."

그는 박영감을 아저씨라고 부르려다 어르신으로 고쳐 부르며 두 손을 앞으로 단정히 모아 말할 때마다 허리를 굽혀가며 사정했다.

"그것은 공씨 형편이고, 내가 이 건물 지으면서 교회 만들라고

한 것 아닝께… 어림 반 푼 없는 소리덜랑 마시오. 허."

"어르신, 얻어온 이 종각을 어떡하겠습니까. 한 번만…."

"고것은 공씨 사정이랑께, 이 건물은 내 건물이고."

공만복은 다른 건물도 교회를 내주면 지붕에 이런 것을 설치하는 것이 당연한 것이라는 말은 하지 않았다. 그랬다가는 교회고 뭐고 나가라고 소리를 지를까 봐 무슨 죄를 지은 사람처럼 고개를 숙이고 반복해서 어르신을 부르고 있었다.

이 때 아내가 연락을 했는지 입담 좋은 복덕방이 나타났다. 그는 구시렁거리는 박영감에게 다가서 들릴 듯 말 듯한 작은 소리로 박영감을 달래기 시작했다.

"영감님 우째 그래 쌌소! 전도사님이 아침이고 저녁나절로 영감님을 위해 기도를 해줄 것인디. 맘 좋은 요 전도사님이 기도해 뿔면 하나님도 영감님 고마운 것은 안 잊겠지라. 하나님이 영감님 오래오래 무병장수하게 해줘 뿔고, 아래 가게 싸게싸게 나가게 해줘 뿔고, 뭐시냐 멀리 있는 자식들 잘되어 뿔고, 손주 애들까지 복 받을 건디. 뭐 그러요. 쪼깐 종탑세운 일 갖구…."

복덕방 이야기에 박영감의 마음은 흔들리기 시작했다. 기왕에 교회를 하라고 빌려준 것인데 사람이 모이지 않게 되면 언제 교회 문 닫을지 모르고 그렇게 되면 요즘처럼 불황에 3층을 그냥 놀릴 수밖에 없는 노릇이었다. 또 복덕방 말을 듣고 보니 모두가 하나님 일이라는데 종탑을 못 세우게 되면 하나님이 벌을 내려 혹시 우환이 들면 어쩌나 하는 근심이 마음 밑바닥에서 슬그머니 생기기 시작했던 것이다. 그러나 박영감은 이런 속마음을 숨긴 채 옥탑방 쪽을 올려다보며 여전히 못마땅하다는 헛기침을 해댔다. 또 줏대 없이 복덕방 말에 따라 그토록 완고한 자신의 태도를 바꾼다는 것이 자존심이 상하는 일이기도 했다. 그러니 공씨가 기도를 하면 자신의 무병장수는 물론 손주 애들까지 복을 받는다는 복덕방의 말이 자꾸만 가슴속에서 회오리바람처럼 일어났다.

"공씨, 그러면 건물에 흠이 가지 않도록 종각을 올려보시오."

공만복은 벽창호처럼 완고한 박영감이 의외다 싶게 허락을 한 것에 놀라면서 박영감의 마음을 움직여 준 복덕방이 무척 고맙게 생각되었다. 결국 옥탑방 위에 철근지지대를 설치하지 않겠다는 약속을 하고 종각을 설치하게 된 것이었다. 철근지지대를 하지 않고 사방에 철사 줄로 얽어매서 고정시킨 종각 이였기에 바람이 심한 오늘 같은 날은 걱정 또한 이만저만이 아니었던 것이다. 금방이라도 바람에 종각이 쓰러져서 무슨 변고를 일으킬 것만 같았다. 그렇게 되어 행여 길가는 행인이라도 죽던지 다치는 날에는 개척이고 뭐고 인생이 끝장나고 말 것이라는 무섬증이 들었다. 오 주여 제가 믿음이 부족한 탓 입니까. 그는 다시 한 번 박영감을 설득해서 종탑이 안전하게 철근지지대를 설치해야 겠다는 생각을 다졌다.

"여러분! 종각이 이 바람에도 쓰러지지 않고 버틸 수 있도록 합심해서 기도합시다."

새벽기도 교인이라야 철물점을 하는 여지삼부부와 어물전을 하는 김집사, 그리고 아내가 전부였지만 공만복은 평소보다 더 큰 소리로 더 애절하게 기도를 드렸다.

"여호와 하나님 아버지! 당신은 바람 날개로 다니신다고 하셨는데 우리교회 종각을 지나실 때는 바람 날개를 접으실 줄 믿습니다. 믿습니다. 그렇게 해 주실 줄 믿습니다."

아내가 큰 소리로 아멘을 외쳐댔다.

새벽기도회가 끝나고 공만복은 길 건너까지 나와 교인들을 배웅하고는 종각을 우러러 봤다. 종각은 여전히 붉은 십자가를 받쳐 들고 옥탑방 위에 굳건히 서 있었다. 할렐루야 감사합니다. 그의 입에서는 자신도 모르게 찬송가가 흘러나왔다.

"주님의 십자아가 할렐루야, 할렐루야 튼튼히 서 있네. 할렐루야."

그러고 보니 그토록 사납게 몰아치던 비바람도 어느 틈에 그쳤는지 자취를 감추고 그 때까지 패잔병처럼 남아 있던 먹구름 조각들이 북쪽하늘 저편으로 빠르게 도망치고 있었고 새벽 동녘

하늘에는 엷게 푸른빛이 감돌고 있었다. 공만복은 어젯밤에 걱정이 컸던 만큼 맑게 갠 동녘하늘을 보자 새날에 대한 감동과 용기가 샘솟는 것 같았다. 그의 아내가 다소곳이 다가와 종각 위에 드리운 맑은 하늘을 우러르며 공만복의 팔에 손을 살그머니 끼며 웃어보였다.

"전도사님은 믿음이 부족해서 걱정이 컸겠지요?"
"그렇게 말하는 임자는 믿음이 차고 넘쳐서 쿨쿨 잠만 잤는가?"
그들은 다정하게 팔짱을 낀 채로 옥탑방을 향해 계단을 올라갔다.

공만복은 아침에 아내가 친정을 다녀오겠다고 한 말에 굳이 대답할 필요를 느끼지 않았다. 남편인 그가 아내의 친정나들이를 허락할 입장도 아니었거니와 그의 아내 역시 남편에게 허락을 받기 위해서 한 말은 아니었다. 아내가 친정엘 다녀와야겠다는 말은 쌀이 떨어졌다는 것을 뜻했다. 아내는 두 달에 한번 꼴로 시골에 있는 친정에서 쌀이나 콩 등을 가져왔다.

젊은 사람이라고는 없는 시골에서 두 노인이 짓는 뻔한 농사를 딸이 들락거리며 퍼내는 것 같아 그녀는 부모에게 불효의 죄를 짓는 것이라는 생각을 했다. 그래서 시골집을 나설 때까지 머리를 바로 들고 부모를 대할 수가 없었다. 친정어머니는 남편의 눈치를 봐가면서도 곡식 말고도 마늘이며 텃밭에 심은 고추나 깻잎과 같은 푸성귀를 바리바리 싸주었다. 그리고 남편이 듣도록 큰 소리로 두 식구가 뭘 어떻게 먹기에 곡식을 그리도 빨리 축내냐고 말을 했다. 그것은 딸을 대신하여 그녀가 남편에 대한 미안함을 나타내는 은유적 표현이었다. 그러면 과묵한 친정아버지는 헛기침을 한 번하고는 딸이 미안해하지 않도록 마실을 나가버리는 것이었다. 공만복의 아내는 친정아버지의 헛기침이 그래 고생한다. 여기가 네 집인데 괜찮다하는 것과 육신이 말짱한 젊은 것들이 깍단지게 살지 못한다는 꾸지람이 배여 있다는 것을 알고 있었다.

추수감사절도 지나고 아침저녁으로 쌀쌀한 기운이 감돌았다. 공만복은 목회가 힘들었지만 주일날 교인들을 만나면 없던 힘이 생겨났다. 오늘도 그는 설교를 하면서도 교회에 나와 준 교인들께 울고 싶도록 감사한 마음을 느끼고 있었다. 특히 예배 후에 있는 식사시간은 그들과 허물없는 대화를 가질 수 있는 좋은 기회라며 아내를 시켜 정성껏 음식을 준비하도록 했다. 식사는 그의 아내가 알아서 할 일이었다. 그러나 그의 아내는 남모르는 고통을 겪고 있었다. 교인이라야 모두 열 명 남짓이지만 전 교인이 주일마다 꼬박꼬박 점심을 해서 먹고 나면 쌀독은 금방

비어갔다. 여자 집사님 몇 분이 간간이 성미를 가져오기도 했으나 그것은 약간의 도움이 될 뿐, 부족하기는 마찬가지였다. 공만복은 그런 사정을 아는지 모르는지 교회가 끝나면 교인들을 붙잡고 식사를 하고 가라며 강권을 했다. 그런 남편의 행동이 밉다는 표정을 하면 공만복은 언제나 그렇듯 교회에서는 교제가 중요하다는 말로 아내의 입을 막았다.

"공씨!"

식사를 하던 교인들이 일제히 문 쪽으로 눈길을 돌렸다. 놀란 쪽은 박영감이었다. 교회는 노래를 부르고 기도나 하는 곳인 줄 알았는데 교인들이 둘러 앉아 함께 밥을 먹는 것을 보고는 박영감은 약간 당황해했다.

"아이구 어르신! 어서 올라 오셔서 식사 좀하세요."

공만복이 박영감을 맞이하면서 반갑게 인사를 했다.

"밥은 묵었고, 공씨! 내가 주의를 했듯이 노랫소리가 밖으로 들리지 않게 허시오. 동네 사람덜이 말 허니께."

"암요. 어르신 걱정하지 마세요. 아주 마이크 볼륨에 테이프로 고정 시켜놨으니까요."

노랫소리? 박영감을 바라보던 시선이 일제히 공만복을 향했다. 그리고 이내 박영감은 노랫소리라고 하는 것이 찬송소리를 말하는 것을 알고는 입가에 웃음을 머금었다.

"영감님, 우리 전도사님을 공씨라고 부르지 말고 전도사라고 불러주세요."

이응국이 말을 했다.

"아니 이 선생! 난 공씨가 편해요. 어르신 괘념치 말고 그냥 공씨라고 불러주십시오."

당황한 공만복은 민망스럽다는 듯 뒷머리를 긁으며 어줍게 웃어보였고 박영감은 못 들은 척하며 계단을 내려서고 있었다.

"어쩔러구? 저 영감님 성깔이 보통이 아닌데."

김집사가 입에 밥을 문채로 이응국을 향해 걱정스럽게 말했다.

"자꾸만 공씨, 공씨하면 우리 주일학교 애들까지 전도사님을 공씨, 공씨할 것 아니예요."

주일학교 교사를 맡고 있는 이응국이 청년다운 씩씩함으로 김집사의 말을 받았다.

"근디 오늘 전도사님이 한 설교말씀 말인디요. 그물이 찢어지게 많이 잡은 괴기를 어쨌을까요? 난 고것이 궁금하당께요. 폴았 겠지요. 막 잡아 싱싱한 것잉께, 값도 헐북하게 받았겠지라우."

"…"

"백 시훈 세 마링께 한 마리에 이천 원씩만 쳐도 백 마리면 이십만 원, 뭐시냐 또 시훈마리면 십 만원, 세 마리는 많이 산께 그냥 덤으로 줘 불어도 삼십 만원이구먼."

"김집사님, 지금 뭔 소리를 하는 겨. 누가 어물전 안한다고 할까봐 그래유?."

여지삼 아내가 어이없어하며 김집사를 쳐다봤다.

"긍께, 예수님 말 듣고 한 번 그물 던져붕께 삼십만 원을 벌어 불구먼!"

밥을 먹던 교인들은 박영감이 나타났을 때만해도 조금 긴장을 하였었는데 김집사의 뜬금없는 말에 박장대소하며 배를 움켜잡았다. 그런데 정작 웃지 않은 사람은 말을 하는 김집사와 설교를 했던 공만복전도사 였다.

김집사는 그 설교를 듣는 순간 여름 장마철에 팔리지 않아 썩어 내다버린 고등어 셋 짝이 생각났던 것이다. 썩지만 안했어도 십만 원은 뉘 돈 받을지 모를 텐데 되짚어 생각할수록 속이 상하는 것이었다.

공만복은 어이가 없었다. 밤새도록 고기를 잡지 못한 제자들 앞에 예수님께서 나타나시어 그물을 오른편에 던지라는 말씀 따라 순종했더니 그물이 차고 넘쳤다는 설교를 하면서 몇 번이고 예수님께 순종하자는 말을 했는데 김집사는 제자들이 밤새도록 허탕 친 고기잡이가 예수님 말을 듣고 횡재한 것으로 들었던 것이다.

"전도사님, 지난번 괴기가 썩어 버리게 된 것은 나가 기도를 쬐끔 부족스럽게 했능갑소. 이참에 어물전이 잘 될 수 있도록 전도사님이 씨게 기도를 좀 해주면 좋것는디. 제자들 맹키로, 그물이 차고 넘친 것 맹키로 돈을 억수로 벌어 시장통에 번지름한 가게 하나 갖는 것이 소원이랑께요."

정색을 하고 말하는 김집사를 보고 이번에는 교인들도 웃지 않았다. 아니 몇 사람은 아멘으로 김집사의 말에 응답을 보냈다.

공만복은 화가 치밀었다. 그러나 겉으로는 웃음을 잃지 않고 김집사를 넌지시 바라봤다.

"기도를 해야겠군요."

그는 김집사의 어린 믿음을 위해 기도하겠다는 뜻으로 말했지만 김집사는 돈 많이 벌도록 전도사가 기도를 해줄 것이라는 말로 듣고 있었다.

교인들이 돌아가고 공만복은 옥탑방에 들어와 저녁예배 설교를 준비하고 있었다. 그런데 길 건너편 공사장에서 들리는 땅에 철근파일을 박는 쿵쿵거리는 소리와 돌을 깨부수는 굴착기 소리 때문에 도저히 집중할 수 없었다. 그가 길 건너편에 대형교회를 짓는다는 것을 알게 된 것은 며칠 전이었다. 오래 전부터 길 건너 가로수 사이에 '정당한 보상 없는 철거 결사반대!'라는 붉은 글씨가 쓰인 현수막이 걸려 있었고 그곳에 대형슈퍼마켓이 들어선다, 스포츠센터가 들어선다, 교회가 들어선다는 말이 떠돌았지만 설마 그곳에 교회가 들어서리라는 것은 생각도 못했었다. 그런데 기어이 철거반원들과 그곳 마을사람들이 치고, 박고, 다치고, 구급차가 오고, 경찰병력이 오고 한 후에 마을사람들의 울부짖음 속에 포클레인이 가옥을 허물어뜨렸던 것이다. 원래 그 마을은 도시빈민층이 사는 낡은 집들이 빼곡하게 들어차 있던 곳이었다. 공사장을 싸고 있는 높은 울타리 벽에 걸린 웅장하면서도 초현대식 모습을 한 교회조감도를 보고서야 비로소 공만복은 그곳에 교회가 들어선다는 것을 알게 되었다. 조감도 옆에는 세련되고 날렵한 글씨로 연건평 삼천 평! 500대 주차공간! 쾌적한 교회! 라고 쓰여 있었다.

여지삼부부가 주스 한통을 사들고 공만복을 찾아왔다. 누구보다 기도에 열심을 내는 여지삼부부는 여섯 달째 하루도 거르지 않고 새벽기도회에 나올 정도로 기도에 열심을 냈다. 공만복은 표현을 하지 않았지만 그들 부부를 대할 때마다 마음이 든든했다. 저토록 신앙심이 깊은 사람들은 교회에 큰 일꾼으로 하나님께서 쓰실 날이 있으리라 생각하며 내년도 제직을 임명할 때는 두 사람 모두 집사를 시키는 것이 좋겠다고 마음을 다졌다.

"제가 심방을 갔어야 하는데 이렇게 찾아오시다니, 앉으세요."

공만복은 반갑게 맞이했고 공만복의 아내가 얼른 방석을 내밀며 인사를 했다.

충청도에서 이사와 시장통에서 철물점을 개업한 여지삼은 그런 대로 어려움 없이 기업을 꾸려나갔다. 그는 생각이 단순하였다. 장사를 하면서도 복잡한 계산 같은 것을 싫어했다. 그날그날 물건을 파는 만큼 새로 들어오면 그만이었다. 말은 철물점이었지만 플라스틱 빗자루, 작업용 면장갑, 개목걸이, 쓰레기봉투와 같은 잡동사니도 함께 취급하는 잡화상에 가까웠다.

언젠가 공만복이 그에게 교회회계를 맡아주기를 권했더니 자신은 셈을 하기가 싫어 다니던 상업고등학교도 그만 두었다며 손사래를 쳤던 것이다. 아무튼 계획을 세우거나 계산을 하지 않고도 철물점은 잘 운영되었다. 그가 공만복을 찾아온 이유는 대입을 앞둔 그의 아들 때문이었다.

"전도사님, 지 아들 일묵이 알지유우?"

"네, 알다마다요. 공부 잘 하고 있지요?"

"이번엔 지발 대학을 가야하는데 올해가 삼순데유 큰 일이구먼유우."

"열심히 하는데 잘 되겠지요. 너무 걱정하지 마세요."

"날망에 있는 학원엘 다니는데, 잘 모르겠구먼 유."

"…"

"그래서 걱정도 되고 해서 지가 전도사님을 찾아왔구먼유."
"네에, 부모님이 열심히 기도하시는데 잘 되겠지요."
여지삼의 아내가 답답하다는 듯 남편의 말을 막고 나섰다.
"시험도 얼마 안 남았고 해서 기도를 부탁하려고 왔는데유."
"아, 기도해야지요. 고생하는 부모님을 생각해서 일묵이도 열심히 하니까 좋은 결과가 있겠지요."
공만복은 이 말을 하면서 문득 동네 껄렁한 청년들과 함께 당구장 같은 곳에서 시간을 보내는 일묵이를 생각했다.
"기도밖에 없는 것 같은데유. 전도사님이랑 사모님이 새벽마다 기도를 해 주면 좋겠구먼유."
"암 주의 종이 기도하는데 안 들어 주갔시유?"
여지삼의 아내가 말하고 여지삼이 아내의 말에 못을 박았다.
심는 대로 거둘 텐데 이걸 어쩌나 하며 공만복은 여지삼의 손을 잡았다.
"함께 기도합시다. 자비로우신 주여! 주의 영광을 위하여 일묵이에게 지혜를 주사 그가 생각하는 대학에 무난히 들어갈 수 있게 해주시고…."
기도하는 중에 여지삼의 다른 손이 공만복의 손을 힘 있게 감싸 잡으며 아멘을 소리쳐댔다. 여지삼의 아내도, 공만복의 아내도 기도 내내 합창을 하듯 믿습니다, 믿습니다를 내뱉었다.

이웅국이 차를 빌려왔다. 태멘교회 교인들은 매주 토요일 오후는 화암리에 있는 '꽃바위 사랑의 집'을 가는 날이다. 원래 이 마을의 이름은 꽃바위마을이던 것이 왜정 때 화암리로 바꾸어 부르게 된 것이다. 봄이면 마을 뒷산에는 철쭉이며 진달래가 바위 사이로 장관을 이룬 것이 마치 온 산이 색동옷을 입고 있는 듯 했다. 해방이 되고서 한참 후까지 이곳에 한센병환자들이 집단으로 살았는데 나병으로 손이나 얼굴이 붉게 썩어가는 것이 마치 꽃처럼 보여서 꽃바위마을이라고 했다는 설도 있지만 봄날 꽃바위마을 뒷산의 철쭉과 진달래는 봄을 여읠 줄 모르고 붉게 타올랐다. 예전에는 꽃바위마을 어귀에 보리밭이 있었는데 그 보리밭에서 문둥이들이 애기 간을 꺼내 먹는다는 헛소문이 돌아 큰 마을 사람들은 그 근방에 얼씬도 하지 말라고 아이들에게 조심을 시키기도 하고, 떼로 몰려와 한센병환자촌을 향해 돌멩이질을 하기도 했다. 한센병환자들이 살던 그곳은 세월이 지나 정신박약아들이 집단으로 사는 '꽃바위 사랑의 집'이 들어서게 된 것이다.

이웅국은 성격도 쾌활하고 율동과 노래를 잘했다. 그는 정박아들에게 여간 인기가 좋은 게 아니다. '이십대 청년의 몸을 가진 네 살짜리 아이들'에게 이웅국이 가르치는 것은 율동을 곁들인 '나비야 나비야 이리 날아 오너라'와 같은 동요였지만 그들은 제대로 따라하지 못했다.

태멘교회 교인들이라고는 하지만 시장통에서 바쁘게 사는 사람들이었기 때문에 그곳이 갈 수 있는 사람은 공만복과 그의 아내 그리고 고마운 이응국 뿐이었다. 그곳에 가면 공만복은 예배를 인도하고, 그의 아내는 청소나 빨래 같은 것을 하고, 이응국은 재미있는 놀이나 율동, 노래를 가르쳤다.

　이응국이 빌려온 차를 타고 꽃바위 사랑의 집에 도착했을 때 한 무리의 아이들이 진달래꽃을 꺾어들고 산을 내려오고 있었다. 그들은 이응국에게로 달려와 저마다 꽃을 내밀었다. 이응국이 꽃을 받아 공만복에게 건네자 그들은 땅에 앉아 발을 비비며 울음을 터트렸다. 이응국이 이십대의 어린애들을 겨우 달래고 얼래서 남자들만 차에 태웠다. 한 달에 한 번 목욕을 가는 날이었다.

　토요일의 목욕탕은 예전 같지 않게 사람들이 적었다. 나이든 사람들이 세상사는 이야기를 도란도란 주고받으며 목욕을 즐기고 있었다. 정박아를 바라보는 손님들에게 공만복은 이들이 네 살 정도의 정신박약아라며 이해를 구하는 것을 잊지 않았다. 목욕탕에서 아이들은 천방지축으로 소리를 지르기도 하고, 뛰어다니다가 미끄러져 울기도 하고, 물장난을 치면서 히히덕 거리기도 하고, 비눗물을 풀어 탕 속에 넣기도 하는 등 이런 난장판을 공만복으로서는 도무지 통제할 수가 없었다. 그는 당황하여 어찌할지 몰라 했다. 그런데 그때 이응국이 탕 속에 앉아 동요 나비야를 부르는 것이었다. 그러자 아이들이 하나 둘 탕으로 들어가 모두 이웅국을 따라 동요를 부르기 시작했다. 그들은 어느 틈에 더 이상 장난꾸러기도 지진아도 아닌 아주 착하고 천진스런 천사들의 합창단으로 변해 있었다.

이 믿기 어려운 광경에 놀란 것은 공만복 뿐이 아니었다. 손님들도 이 진기한 광경에 놀라 입을 헤벌리고 있었다. 그러나 이내 손님들은 자기들끼리 수군거리기 시작했다. 공만복은 그들이 무슨 말을 하고 있다는 것을 알고 있었다.

"죄가 많아서 저렇게 태어났것제."

손님 하나가 말을 하고 다른 손님이 말을 받았다.

"부모가 죄가 크지."

"아니여, 죄는 당신들이 많지. 이 애들이 무슨 죄가 있어?"

공만복이 손님들을 향해 속으로 말했다.

"무슨 죄를 지었으면 저런 자식을 낳을까이?"

"우린 천만다행이지. 저런 자식이 없어서."

"웃기고 자빠졌네. 니들이 죄가 없어 병신을 안 낳았다고? 썩을 놈들…."

공만복는 부아가 치미는지 자신이 성직자라는 것도 잊고 사납게 속으로 소리쳤다.

'노랑나비 흰나비 이리 날아오너라.' 탕 속에서 아름다운 합창

시내산 옥탑방

이 들려왔다. 모두 이응국처럼 의젓하고 얌전하게 앉아 노래를 부르고 있었다.

"이봐요. 저기를 봐요. 어디를 봐서 저 애들이 죄를 지었다는 것이에요? 저 애들은 진달래꽃을 꺾어다가 우리에게 주었단 말이에요. 저 천진스런 애들이 무슨 죄가 있다고요?"

공만복이 이번에는 그들이 듣도록 크게 말했다. 손님들이 일제히 탕 속의 정박아들을 돌아보았다.

겨울이 깊어가고 있었다. 그동안 공만복의 아내는 친정걸음을 몇 번 더했으며 박영감의 잔소리는 여전했고 새 신자는 늘어나지 않은 채로 해가 바뀌었다. 길 건너편 할렐루야교회도 완공되어 주일이면 차량들이 북새통을 이루었다. 태멘교회의 종각은 거대한 할렐루야교회 건물에 가려 보이지가 않았다. 중세 유럽의 성곽모양을 한 할렐루야교회의 종각에서 육중하면서도 매혹적인 파이프 오르간 소리가 흘러나오고 있었다. 공만복은 자신도 모르게 흘러나오는 곡에 맞춰 노래를 흥얼거렸다. '아무나 오게 아무나 오게…'

여지삼은 김집사를 찾아갔다. 김집사는 사업 때문에 화병이 날 지경이었다. 겨울 한 철 대목을 노리고 동태를 한 차 산 것이 진부령을 넘다가 전복사고가 나서 그만 반도 건지지 못하고 계곡

물에 떠내려가고 만 것이었다. 여지삼 역시 아들 일묵이 대학을 낙방하여 낙담이 이만저만 큰 터라 김집사를 찾아가 위로를 하고 또 위로를 받고 싶었던 것이다.

그들은 이런저런 이야기 끝에 할렐루야교회에 관해들은 이야기를 나누게 되었다.

"할렐루야교회 목사님 이야기 들었지유?"

동태를 손질하고 있던 김집사가 말하는 여지삼을 올려다봤다.

"아주 능력이 크단디유, 우리 전도사하고는 능력이 달분 것이…."

"달부것제, 저쪽은 목산디."

김집사는 생선박스에 얼음을 채워 넣으면서 맞장구를 쳤다.

"할렐루야교회 이야기론 성령을 받아야 모든 것이 잘 풀린다는데 우쨰 우리 전도사는 그런 것도 안 가르쳐 줬는지 모르겠구먼유. 성령만 받았음사 일묵이도 낙방하지 않았을건디유…."

"긍께 성령만 받으면 뭐든지 척척 풀린다아 그 뜻이오?"

김집사가 하던 일을 멈추고 여지삼에게 가까이 다가섰다.

"뭐시냐, 긍께, 거시기를 받아 불면 어려운 일도 없구 장사도 잘 된다는 말이어라우."

"우리가 요로콤 힘든 것은 성령을 못 받아서 그런 것 같은디유. 우리 교회선 택도 없을 것 같고…."

여지삼이 김집사의 눈치를 살폈다.

그들이 성령에 관해 처음 듣는 것은 결코 아니었다. 주일 예배 때마다 '성령을 믿사오며…'가 있는 사도신경을 외웠으며, 사랑과 희락과 화평과 오래 참음과 자비와 양선과 충성과 온유와 절제라는 성령의 아홉 가지 열매와 성령은 죄를 책망하고 마음을 감동시키며 그리스도께 인도한다는 성령의 사역에 관해, 공만복에게 여러 차례 설교를 들었지만 그런 것들은 마음에 남아 있지 않았다. 그들은 성령이 마치 알라딘의 요술램프처럼 원하는 것이면 무엇이건 들어주는 신묘한 것으로 알고 있었다.

"저쪽은 목산디, 달부겠제라우. 시방 내 맘을 떠 볼라고 그러지 말고 속에 있는 말을 싸게싸게 해부시오."

당신 맘을 알고 있으니 본론부터 말하라는 듯 김집사는 여지삼을 바라봤다.

"집사님! 우리 옮기면 어떨까유… 사람들이 많이 모이고 하는 것은 뭐가 다른 점이 있으니까 몰리겠지유."

"듣고 본께 맞는 말이요. 전도사가 우리를 위해서 기도를 게을리 했던지, 아조 능력이 없던지 헝께 그렇지, 차 업퍼묵고, 일묵이 대학 떨어져 불고 그런 일이 무담시 있지야 않제… 쪼까 전도사에게는 미안하지만 집도 큰집이 낫고, 교회도 큰 교회가 낫겠제라우."

여지삼과 이야기를 하면서 김집사는 태멘교회에서 마음이 떠나가고 있었다.

"근디 우리만 가면 저쪽에서 뭔 좋지 않은 일로 왔는갑다 할 건지 모르니까 오는 주일에 몇 사람을 더 모아서 할렐루야로 가면 어떨까유?"

여지삼의 말에 김집사가 고개를 끄덕였다.

주일아침, 공만복의 아내는 전화를 받고 있었다. 유리 엄마가 앞으로 교회를 못 나올 것 같다면서 전화를 한 것이었다. 공만복은 교회 분위기가 다른 때와는 다르다는 예감이 들었다. 예배 시간이 되었는데도 빈자리가 너무 많았다. 그의 아내는 풍금 앞에 앉아 예배에 부를 찬송가를 눈으로 익히고 있었다.

"사모님! 찬송가 460장을 부르지요."

이웅국이 반주가 서툰 그녀를 배려해서 쉽고, 잘 알려진 곡을 선택했다. 그렇게 서너 곡의 찬송이 끝날 때까지 여지삼부부도, 김집사도, 아침에 전화를 했던 유리엄마도, 김집사가 인도했던 닭집여자도 보이지 않았다.

길 건너편 할렐루야 교회에서 차임벨소리가 울리고 있었다. '아무나 오게, 아무나 오게…' 하는 찬송가가 울러 퍼지고 있었다. 아차 공만복은 그때서야 불길한 예감이 들어 창문을 열고 밖을 내다 봤다. 어깨띠를 두른 사람들이 태멘교회 교인들을 붙들고 무슨 말인가를 하고 있었다. 공만복은 직감적으로 그들이 할렐루야 교인일 것이라는 생각이 들었다. 공만복은 현기증이 일어났다. 그의 아내가 치는 풍금소리도 이응국의 찬송소리도 흐릿하게 들려왔다. 그는 할머니 생각이 났다. 할머니는 이럴 때, 당신은 어떻게 하셨나요?

공만복의 할머니는 전통적인 유교집안에서 기독교를 처음 받아들인 분이셨다. 젊어서 일찍 과부가 된 할머니는 콩 서 말을 옆구리에 끼고 달릴 수 있는 힘을 가진데다 매사에 적극적인 여장부였다. 공만복의 이름도 하나님을 믿어 만 가지 복을 받으라는 뜻으로 그의 할머니가 지어 준 것이었다. 공만복은 할머니 등에 업혀 자랄 정도로 할머니의 사랑을 독차지했다.

1947년 어느 날 갈색머리에, 파란 눈의 서양선교사가 마을을 찾아와선 예수를 전했는데 할머니 집 골방은 그날부터 서양선교사가 목회하는 교회가 된 것이었다. 이 백안의 여인은 이름이 '쥴리아 마틴'이라고 했는데 시골 사람들은 부르기가 힘들어 그냥 마부인이라고 불렀다.

마부인은 우리말을 전혀 몰랐고 또 시골사람 중에는 서양말을 통역할 사람이 없었기 때문에 복음을 전도하고 성경을 가르친다는 것은 여간 어려운 일이 아니었다. 마부인은 그녀가 준비해 온 커다란 그림을 벽에 붙여 놓으면 공만복의 할머니가 대충 짐작하고 설명을 하는 식의 선교를 했다. 처음 찾아오는 사람들에게 마부인은 불 가운데서 고통 받는 일그러진 모습의 지옥을 나타낸 그림과 각종과일과 새들과 천사가 그려진 천국을 표현한 그림 그리고 십자가에 못 박힌 예수가 그려진 그림을 내 보이면 공만복의 할머니는 예수를 믿으면 이 그림 같은 천국으로 올라가고, 예수를 안 믿으면 저 그림 같은 지옥으로 떨어지는데 어쩔 테냐며 설명했다.

　마부인의 고생은 말로 다 표현 할 수가 없었다. 시골 골방의 잠자리는 말할 것도 없고 먹는 것은 꽁보리밥이나 고구마가 전부였으며, 특히 다리가 긴 그녀가 가장 고통스러워하는 것은 대소변을 보는 일이었다. 합수 통에 널판자를 걸치고 쭈그리고 앉아 있기란 서양인의 신체로는 불가능한 일이었다. 공만복의 할머니는 그녀를 위해 작대기를 마련해 주었다. 그녀는 작대기에 몸을 의지하고 뒷일을 보았다. 아마 공만복의 할머니가 한 번이라도 양변기를 보았다면 마부인을 위해 별도로 변기를 만들어 주었을 것이다. 정말 그녀는 살아있는 순교자였다.

　공만복의 할머니 역시 그림을 요령껏 설명할랴. 그녀를 뒷바라지할랴 마부인 못지않은 고생을 했다. 공만복은 힘이 들 때마다 할머니와 마부인을 생각했다. 그리고 지금의 고생은 그들에 비해 호강이라고 스스로를 위로했다.

예배 시작시간은 아직도 5분이 남아 있었다. 공만복은 복잡한 마음으로 내려갔다. 태멘교회 교인인 여지삼부부를 비롯한 사람들이 길 건너 할렐루야교회 앞에서 이쪽을 바라보고 있었다. 어깨띠를 두른 사람들이 몇 명이나 빼오는 지를 지켜보고 있었다.

"여보시오. 이게 무슨 짓이요."

공만복이 어깨띠를 향해 소리쳤다.

'주 예수를 믿으라.'고 쓴 어깨띠를 두른 사람이 멋쩍게 웃으면서 말했다.

"당신네 교인들이 큰 교회, 능력 있는 교회, 쾌적한 환경을 선호해서 오겠다는데 뭐가 잘 못이요?"

"이러지들 마세요. 같은 교회를 하는 입장에서 왜 남의 교인들을 빼가려는 거요."

분노 때문인지, 좌절감 때문인지 공만복의 목소리에는 울음이 섞여 있었다.

"아니 같은 교회입장이라니요. 이 양반 웃기네. 전도사 양반! 저 교회 안 보이시오? 셋방교회와 우리 같이 복 받은 대형교회를 같은 입장이라니? 하아!"

그가 할렐루야교회를 가리키고, 다른 어깨띠가 점잖게 끼어들었다.

"교인들에게도 선택의 권리를 주어야지요. 그럴리야 없지만 만약 우리 교회 교인들이 이 작고 초라한 교회에 오겠다면 우린 안 말려요."

다시 처음의 어깨띠가 기세등등해하며 말했다.

"성령을 받아야지요. 성령을 받으려면 강권적으로 역사하는 그런 교회에 나와야지요. 이런 셋방교회에 무슨 희망이 있다고, 저 사람들 다 제 발로 우리교회로 왔다고요."

그가 길 건너 여지삼 등을 가리켰다. 할렐루야교회의 차임벨은 여전히 '아무나 오게, 아무나 오게' 부분의 후렴을 연주하고 있었다. 공만복은 그만 땅에 주저앉고 말았다. 그는 할 말을 잃고 말았다.

그때까지 이 광경을 무심코 바라보던 박영감이 소리를 꽥 지르며 앞으로 나섰다.

"이런 쌍 노무 자석들! 돈이면 최고여? 작은 교회는 교회도 아니란 말여? 큰 교회나 작은 교회나 믿음은 일반인디, 뭐시여? 아니 그리고 내가 본께 여그 앉자있는 공씨 아니 전도사님이 주일마다 밥 먹여줘 기도해 줬는디… 배은망덕해도 유분수지… 엑끼 사람들…."

박영감이 어깨띠들과 길 건너편에 멀뚝히 서있는 여지삼 등을 향해 소리를 질렀다.

"전도사님 일어나시오. 내가 열심히 이 교회를 댕겨불팅께…
어서 일어나시오."

공만복은 귀를 의심했다. 박영감이 자신을 공씨가 아닌 전도사라고 호칭한 것에 자신의 귀를 의심했다. 박영감이 공만복의 손을 잡아 그를 일으켰다. 공만복은 형언할 수 없는 그 무엇이 가슴을 뜨겁게 치고 지나가는 것 같았다. 그리고 경험해 보지 못한 새 힘이 샘솟는 것을 느꼈다.

공만복이 박영감과 함께 교회당에 들어서자 남아있는 교인들이 "황무지가 장미꽃 같이 피는 것을 볼 때에…"를 뜨겁게 부르고 있었다. 그의 두 볼에 감사의 눈물이 흘러내렸다. 지난여름, 비 오는 날 옥탑방에서 아내가 하던 말이 떠올랐다.

"여보, 여기가 시내산이 잖아요. 응답받을 때까지 기다립시다."
하던 말이 생각났다.

6

사슬

6

"민숙아! 안에 꺼지 깨끗하게 닦아라. 살아서는 들어가 보지 못하는 방이니까."

만성이 된 엄마의 잔소리가 다시 시작되었다. 이런 엄마의 잔소리에 반응을 보이면 물을 만난 고기처럼 엄마는 더욱 싱싱해질 것이 뻔했기 때문에 민욱과 민숙은 엄마의 구시렁거리는 소리를 귓등으로 흘려보냈다. 엄마의 잔소리는 엄마가 살아 있는 징표라고 생각되었다. 오히려 쉭쉭 소리를 내며 돌아가는 낡은 선풍기 소리가 더 짜증스러웠다.

민숙이 관 뚜껑을 열자 송진 냄새가 훅 풍겨왔다. 반사적으로 민숙은 목에 두르고 있던 수건을 코로 가져갔다. 속이 울렁거렸다. 민숙은 송진 냄새가 싫었다. 송진 냄새는 기분 나쁜 기억을 반추하도록 만들었다.

그랬다. 민숙이 찾아간 산부인과 의원의 포로말린 냄새와 흡사했다. 열여덟 살을 확인하고서도, 마치 죄인을 취조라도 하듯 이런 저런 말로 희롱하던 늙수그레한 사내의 음흉한 미소가 떠올랐다. 그가 흰 가운을 입고 있지 않았다면 당장에 돌아서 뛰쳐나오고 싶도록 모멸감을 느끼게 했다.

다시 메스꺼움이 욱~하고, 목구멍까지 치밀고 올라왔다. 포로말린 냄새는 핑계일 수 있다. 민숙은 헛구역질이 치밀어 올라올 때마다 또 임신이 아닌가 하고 겁이 덜컥 났다.

"오살 헐, 널 만 닦으라하면 저 지랄이어~"

밖으로 뛰쳐나가는 민숙의 등 뒤에 엄마의 욕설이 화살처럼 날아와 박혔다.

"놔둬요. 학교도 못 가고 날마다 이런 일하는 저는 속이 편하겠어요?"

오빠 민욱이 민숙이 던져놓은 걸레로 관을 닦으면서 민숙을 거들었다.

"배가 불러 저런 거여, 저년이 아직 고생 덜했어…"

엄마는 버릇처럼 혀를 찼다. 민욱이 문을 세차게 닫고 나갔다.

꽝하고 닫히는 문소리에서 반항의 의미가 엿보였다.

문간에 쭈그리고 앉아 구역질을 해대던 민숙은 배가 불러 저렇다는 엄마의 말에 가슴이 덜컹 내려앉았다. 엄마의 말뜻은 아직 배곯이를 해보지 않아서 일을 야무지게 하지 못한다는 뜻이었지만 민숙은 순간 임신을 떠올렸다. 민숙은 구역질을 참아내며 다시 관을 닦기 시작했다.

"오살헐 놈, 관솔 구녁이 숭숭 뚫린 것을 널이라고 보내? 너도 그렇지 널에 구녁이 있으면 돌려보냈어야지 뭔 지랄이라고 받아…."

엄마는 관을 널이라고 했다. 목공소에서 보내온 관을 두고 엄마가 민욱이게 화살을 돌렸다. 값싼 송판으로 만들어 달라고 주문했기 때문에 목공소를 탓할 일이 아니었지만 엄마는 꼭 뒷말을 했다.

"엄마! 죽은 사람이 구멍을 볼 수나 있간디요?"

민숙이 엄마의 등 뒤에서 훗훗 웃었다.

"오살헐 년, 죽기는 누가 죽어 죽은 척하고 있는 거지…."

"오히려 구멍으로 불빛이 들어와야 무섭지 않고 좋지 뭐."

민숙이 다시 훗훗하고 웃어보였다.

"엄마! 구멍이 없는 것으로 하려면 오동나무로 만들어야지요. 쥐꼬리만 한 돈 받고 목공소 아저씨가 싸게 해준 것인데 불평하지 마세요. 구멍은 테이프로 붙이면 상관없어요."

 민욱이 관 뚜껑에 왁스를 바르면서 말을 했다. 오동나무라는 말에 엄마의 귀가 번쩍 뜨였다.

 "그래, 오동나무널 말이다. 주말에 서울서 큰 회사 한다는 사람은 오동나무널이 좋겠구나."

 "…."

 "이참에 오동나무널을 두어 개 맞추어 놓자. 옻칠 잘 입혀놓으면 아무래도 돈 있는 사람 받는데 도움이 되지 않겠냐?"

 "엄만, 아주 죽는 것도 아니고 엄마 말대로 잠깐 죽는 시늉만 하는데 오동나무면 어떻고 피죽나무면 어때요 괜히 돈만 들지…."

 "그래도 그런 거 아니여. 죽는 놈이 더 따지는 것 몰라서 그래? 아무래도 뻬까뻔쩍한 오동나무 널에 들어가고 싶것제."

 엄마의 사업수단은 빛을 발했다. 고급화를 통해 돈을 더 받을 수 있을 것이라는 속셈이 깔려 있었다.

 "뭐시냐, 돈 있는 사람은 한삼모시 수의에 오동나무널을 쓰고 일반인은 중국모시 수의에 송판널을 쓰는… 거 뭐시냐…."

 "가격 차별화요?"

 "맞다. 맞아 가격 차별화."

 "엄마! 없는 사람이… 아니 죽는 시늉만 하는 체험장에서까지 있는 사람, 없는 사람 구별해야겠어요?"

수전노라는 말이 튀어나오려는 것을 참으면서 민욱이 말했다. 엄마 말대로 차등을 둔다면 수의와 관을 고급화하는 것 외에 다른 방법은 없었다.

"엄마 말에 일리가 있네. 오동나무로 만들면 입관할 때 송진 냄새를 맡지 않아도 되고 촉감도 더 좋을 꺼고…."

민숙이 땀을 닦으면서 민욱을 보고 진지하게 말했다.

"죽은 놈이 냄새는 무슨…."

"죽는 시늉만 하는 건데. 호호."

"그나저나 더워서 그런지 손님은 없고 쉬파리만 들끓으니 걱정이다. 오살헐 놈, 내 고생시키려고 그렇게 일찍 가버리다니… 내 신세 망친 모진 노움…."

이쯤에서 아빠에 대한 원성이 나오는 것이 엄마의 판에 박힌 레퍼토리다.

아빠의 죽음은 실직과 무관하지 않았다. 오십대 중반의 실직은 직업 외에 많은 것을 빼앗았다. 가장의 권위며 사회적 위상을 빼앗았다. 분노나 적개심이라도 있었다면 죽음을 선택하지는 않았을지 모른다.

새벽이었던가? 술에 취해 돌아온 아빠가 마루에 앉아 흐느끼고 있는 모습이 안쓰럽다는 생각 보다는 흉해 보였다. 오히려 그런 아빠를 향해 소리소리 질러대던 엄마에게 더 믿음이 갔다.

그 즈음 아빠는 엄마에게 미안해, 미안해하는 말을 달고 살다시피 했고 엄마는 가족을 길거리로 내몰 거냐며 아빠를 닦달했다. 그런 엄마의 서슬 앞에 아빠는 고개를 떨구었다. 가장의 권위가 상실된 껍데기의 아빠는 바람이 불면 날아갈 것 같았다.

더 이상 아빠가 살아있는 생물체로 느껴지지 않았다. 고단한 현실은 엄마의 악다구니가 오히려 생존의 활력소가 된 듯 했다.

겨울도 깊어 추위가 매서운 어느 날, 청계산에서 아빠의 시신이 발견되었고 그의 주머니에서 가족을 두고 먼저 떠나게 되어 미안하다는 간단한 유서가 나왔다. 그것이 전부였다.

아빠의 유서 어디에도 각박한 현실에 대한 원망이나 삶에 대한 미련, 남아있는 가족에 대한 당부나 엄마에게 무슨 부탁 같은 구질구질한 것은 찾아볼 수 없었다.

한 집안의 중심 버팀목이 되었던 아빠의 존재가 마치 단역을 맡은 배우가 영화의 한 장면에 나타났다가 사라져버린 것같이, 도무지 실감이 나지 않았다. 아무튼 아빠는 책 쪽을 넘기듯 그렇게 우리 곁에서 빠르게 잊혀져갔다. 아이엠에프 파고는 그렇게 지나갔고 엄마는 힘이 들면 주절주절 아빠를 원성하는 푸념이 십팔번이 되었다.

"점심 먹으라니까요? 빨리 들어와요. 어서요."

골목 안쪽에서 여자의 칼칼한 목소리가 들려왔다. 노파를 부르는 것이 분명했다.

담 그늘에 반쯤 먹힌 햇살이 노파의 무릎 위에 떨어지고 있었다. 낡은 나무의자에 앉은 노파는 임사체험 수련장을 무심히 바라보고 있었다.

노파가 입고 있는 옷은 허름했지만 단정하게 빗질한 흰 머리칼은 오래된 흑백사진에서 느껴지는 차분함 같은 기운을 갖게 했다. 노파는 마치 사진을 찍듯이 그렇게 앉아 있었다.

엄마는 정신이 이상한 노파라고 했다. 엄마는 노파 앞을 지나칠 때면 골목 안쪽까지 들리도록 큰 소리로 인사했다. 노파에게 한 인사라기보다 인사성이 있는 여자로 보이기 위한 엄마의 계산된 겉치레 인사라는 것을 식구들은 알고 있었다. 물론 노파가 엄마의 인사를 받는 일은 없었다. 그녀의 시선은 언제나 임사체험장 쪽에 고정되어 있었다.

노파가 있는 공터는 불결했다. 여기저기 연탄재와 잡다한 쓰레기들이 뒹굴었다. 파리들이 노파의 목덜미와 손등을 기어 다녔지만 노파는 좀체 파리를 쫓아 버리려고 하지 않았.

돌부처처럼 움직임이 없는 노파의 퍼포먼스를 골목 안쪽의 여자가 금속성 소리로 흔들었다.

사슬

"오매요. 빨리 들어와 밥 먹으라니까요. 오매요. 귀 먹은 척 하지마소."

노파는 골목 안쪽으로 고개를 한 번 돌렸다가 다시 임사체험장을 건네다 봤다.

노파는 관이 들어가고, 정성스럽게 관을 닦고 있는 이상한 사람들의 일거수일투족을 놓치지 않겠다는 듯한 모습이었다.

기어이 소리치던 젊은 여자가 나와서 징그럽다, 징그럽다는 말을 수 없이 흘리면서 노파를 앞세우고 골목 안쪽으로 사라졌다.

바쁜 통에도 언제 알았는지 엄마는 동네일에 관해 많은 것을 알고 있었다.

노파에 관한 건데, 노파를 돌봐 주는 젊은 여자는 노파의 진짜 딸은 아니고 어려서부터 데리고 있는 말하자면 수양딸이라고 했다. 지 부모도 아닌 치매기가 있는 노인을 지극정성으로 보살피는 데는 그럴만한 사연이 있다고 했다.

예전엔 이 동네가 유명한 윤락가였다는 이야기며, 노파가 젊은 시절에 색시장사로 돈을 벌었다는 이야기며, 하나 있는 아들만은 좋은 환경에서 공부를 시켜야 한다며 전라도 광주로 유학을 보냈다는 이야기며, 남자 잘못 만나 재산을 들어먹고 말년에는 손님을 물어 나르는 삐끼생활을 했다는 이야기며, 광주에 유학 보낸

아들 때문에 그만 정신이 이상해졌다는 이야기를 엄마는 마치 본 것처럼 실감나게 말했다.

색시장사를 할 때 데리고 있던 여자 아이는 끝까지 손님방에 넣지 않고 친딸마냥 키웠다는 이야기와 그래서 지금 몸을 의탁할 곳이 생기게 된 것이라며 젊은 여자와 노파와의 인연을 엄마는 주절주절 늘어놓았다.

주문한 오동나무관이 들어온 지도 며칠이 지났다.
"단체는 언제 온다고 하든?"
민욱이 오동나무관의 틈새에 빠대를 먹이면서 민숙이에게 물었다.
"주말에 온다는데 열 개는 더 있어야겠어…"
빠대가 마른 관 두껑에 페퍼질을 하던 민숙이 허리를 펴면서 대답했다. 민숙이 열 개라고 하는 것은 관을 두고 하는 말이었다. 주말에 단체손님이 온다면 관을 맞추기에는 시간이 턱도 없이 부족할 뿐 아니라 관이 들어와도 사용하려면 손을 봐야하기 때문에 민욱은 걱정이 되었다.

하는 수 없이 민욱은 예전에 알고 지내던 장의사에 사정해 보기로 했다. 장의사에는 언제나 여분으로 관이 있기 마련이었다.
"엄마가 수의를 찾아왔는데, 싼 게 비지떡이라고 바느질이 엉망이더라. 엄마가 손을 보기는 할 텐데, 잔소리께나 듣겠어…."

민숙이 단체손님이 입을 수의에 대해 불쑥 말을 했다.

"서울예약손님 수의는 따로 챙겨 봐라. 엄마가 예약금도 만만찮게 받았다는데…."

민욱은 오동나무 관에 옻칠을 하면서도 서울손님이 신경 쓰이는지 민숙에게 말을 했다. 민욱이 서둘러 오동나무 관을 준비한 것도 사실은 서울손님 때문이었다.

몇 시간째 엄마는 선풍기 앞에 앉아있었다. 낡은 선풍기는 좌우로 고갯짓을 할 때마다 삐걱거리는 소리가 났다. 엄마는 대사를 외우는 것이 잘 안되는지 '오살헐, 오살헐' 하며 욕설을 했다. 몇 줄 되지 않는 대사를 엄마는 아직 못 외우고 있었다. 그러나 엄만 포기하지 않았다. 당신의 살문 목젖은 무엇입니까? 당신의 살문 지금 만족하십니까?

"엄마! 살문 목젖이 아니야. 삶의 목적 해봐! 엄마 한 번 따라서 해봐! 당신의 삶의 목적은 무엇입니까? 당신의 삶은 지금 만족하십니까? 당신의 인생의 시간은 얼마나 남았습니까?" 그러나 엄만 여전히 살문 목젖이었고 선풍긴 그게 아니라는 듯 고개를 좌우로 흔들었다.

"민숙아 옻칠한 관은 바람 잘 통하는 그늘로 옮기고…."

민욱이 트럭에 몸을 던지면서 민숙에게 말했지만 고물트럭의 배기통에서 나는 소리와 선풍기 소리와 엄마의 대사 읽는 소리에 먹혀 들리지 않았다.

사실 임사체험 수련장을 개업하게 된 데는 민욱의 생각이 절대적이었다. 민욱이 처음 말을 꺼냈을 때 민숙은 할일이 그렇게 없어서 그런 끔직한 일을 해야 하느냐며 바락바락 화를 냈지만 엄마는 달랐다. 생계가 막막한 상태에서 찬밥 더운밥 가릴게 없다며 오히려 적극적이었다. 생각하기에 따라서는 일종의 문화 사업이라며 민욱은 민숙을 달랬다. 삶의 방향을 잃어버리고 정신적으로 문제가 많은 사람들이 넘쳐나는 이 시대에 그들에게 삶의 의미를 새롭게 갖도록하는 의미 있는 사업이라는 말에 민숙은 더 이상 반대를 하지 않았다. 민숙은 가계가 안정되어야 다시 학교에 나갈 수 있다는 생각에 맘에는 내키지는 않았지만 묵시적으로 동의했다.

그렇게 결정이 나자 기다렸다는 듯이 엄마는 다음날부터 날개를 단 것처럼 바삐 뛰어다녔다. 창고로 버려져 있던 건물을 임대하고 리모델링을 결행했다. 리모델링이라야 마루를 깔고 낡은 벽돌 위에 합판을 붙이고 검정커튼으로 엄숙한 분위기를 연출하는 정도였다. 내부에 필요한 소품은 민욱이 중고제품 파는 가게를 돌아다니며 사들였다.

　임사체험장을 개업하는 데는 민욱의 경험이 컸다. 병원 영안실에 근무했던 경험이 많은 도움이 되었다. 이곳저곳 장의사를 알게 된 것도 그때의 인연이 있었기에 가능했다.

　4년제 대학을 졸업하고 다시 2년제 대학 장의학과를 지망했을 때 아빠는 부자지간의 인연을 끊자며 화를 냈다. 정말 2년 동안 아빠는 민욱의 얼굴을 애써 외면했다. 이를 보다 못한 엄마가 중간에서 화해를 시도했지만 '저놈은 아빠의 꿈을 저버린 불효자식'이라며 엄마의 말에 쐐기를 박았다.

　학교를 졸업하자마자 민욱은 시립병원 영안실에 취직이 되었고 첫날부터 시신을 염하느라 땀을 흘렸다. 민욱은 힘들었지만 오히려 적성에 맞는 일이라고 생각했다. 고시를 준비한다며 고시원 같은 곳에 처박혀 지내는 선배들을 보면 답답해 보였다.

　민욱이 영안실에서 일하자 사귀던 여자 친구는 말할 것도 없고 친구들도 그를 피했다.

　민욱이 병원에서 하는 일이란 시신을 처리하는 일이었는데 교통사고로 엉망이 된 시신이나 연고자를 찾을 수 없는 노숙자의 시신을 알코올로 깨끗하게 닦고 수의를 입히는 그런류의 일이었다. 그는 출근하면 살아있는 자들 보다는 죽어있는 자들과 더 많은 시간을 보냈다.

아이엠에프 사태가 일고 아빠가 실직을 하자 형편은 달라졌다. 아빠가 화해의 손길을 내밀었다. 아빠는 병원 영안실에까지 민욱을 찾아와 힘들지 않느냐고 묻기도 했다.

어느 날인가는 퇴근 무렵에 아빠가 민욱을 찾아왔다. 그들은 집에 돌아오는 길에 포장마차에 들러 술을 마셨다. 민욱의 작업복 등판에 얼룩진 땀자국을 봤는지 아빠의 눈시울이 붉어졌다. 그는 울음을 참느라고 술잔을 연거푸 입으로 가져갔다. 민욱은 실직한 아빠를 위로해야 되겠다고 생각했지만 괜한 말로 아빠의 상처를 건드릴 수 있겠다는 마음에 아무 말도 하지 않았다. 밤이 이슥하도록 둘이는 술을 마셨고, 아빠는 취했었다.

민욱은 취한 아빠를 업고 얼마를 걸었다. 택시를 잡아타도 됐지만 아빠를 업고 걸어보고 싶었다. 늘 거인이라고 생각했던 아빠는 가벼웠다. 등에 업힌 아빠의 손이 정말 어린아이처럼 민욱의 목덜미를 감싸 안았다. 택시들이 경적을 울리며 그들 옆을 지나쳤지만 민욱은 한참 동안 아빠를 업고 걸었다. 등에 업힌 아빠가 기분이 좋은지 흥얼거리며 노래를 불렀는데 민욱은 자꾸만 눈물이 났다.

아빠가 돌아가신 후 포장마차에 앉아 혼자서 술잔을 기울일 때마다 민욱은 그날 밤의 아빠를 생각했다. 아빠가 그리웠다.

"엄마! 오빠가 관 실고 왔어요. 빨랑 나와 보세요."

민숙이 집 안에 대고 소리를 질렀다.

"여섯 군데를 들렀는데, 겨우 사정해서 아홉 개 얻어왔네요."

민욱이 트럭에서 관을 내리면서 말했고 엄만 믿기지 않는 듯 민욱이 싣고 온 관을 보며 입가에 웃음꽃을 피웠다.

"주말 손님 걱정했는데 됐다 됐어!"

"이 정도의 널이라면 손 볼 것도 없이 곧장 써도 되겠다."

엄마는 관을 쓰다듬어보면서 만족해했다.

관이 집안으로 옮겨지는 모습을 노파는 물끄러미 바라보고 있었다. 열려진 문틈으로 보이는 체험장을 녹화촬영이라도 하는 듯 노파는 놓치지 않고 바라봤다.

관을 닦고 손질하는 예사롭지 않은 광경을 노려보던 노파의 동공은 먹이를 노리는 고양이의 눈처럼 조리개가 팽창되어 있었다.

주검의 칙칙한 분위기가 느껴지는 집이며, 문간에 사잣밥도 찾아볼 수 없는, 수상한 일을 꾸미고 있는 현장을 노파는 날마다 끈질기게 지켜보고 있었다. 그러나 민욱이네 가족들에게 노파는 불쌍한 치매노인일 뿐이었다.

예기치 않던 소나기가 지나가자 뜨겁게 달구어진 공터는 김이 모락모락 피어올랐다. 담장을 기어오르던 호박넝쿨이 이리저리 싱싱한 팔을 뻗고 있었다. 공터 여기저기에 곧장 물웅덩이가 생겼다.

물웅덩이를 피해 지그재그로 오던 승용차가 체험장 앞에 섰다. 곧 운전수가 내려서 뒷 자석의 문을 열자 체구가 건장한 중년의 남자가 천천히 내렸다. 이 남자는 지저분한 공터와 낡은 공장건물인 체험장을 보고는 양미간을 찌푸렸다. 아직 처마 끝에서 물방울들이 떨어지고 있었다.

운전수가 체험장 앞에서 머뭇거리더니 얼른 자동차로 가서 크랙 선을 서너 번 울려댔다.

크랙 선 소리에 엄마가 황급히 뛰어 나와 중년을 안으로 맞아들였다.

체험장 한쪽을 막아 만든 사무실은 그런대로 시원했다. 엄마가 서울에서 예약손님이 온다며 아침부터 에어컨을 틀어놔서인지 반팔 아래로 쌀랑한 감이 느껴졌다. 중년의 남자 앞에 엄마는 평소와는 다르게 어울리지 않는 웃음을 지어 보이며 몇 번이고 잘 오셨다며 인사를 했다.

이제부터 엄마는 평소에 예행연습을 했던 대로 해야 한다.

엄마는 임사체험에 관해 설명을 했지만 남자는 엄마의 설명에는 관심이 없었다. 그의 눈은 벽에 걸린 수련체험효과 패널에 가 있었다.

체험효과라는 것도 시비를 걸면 할 말이 없었다. 남자가 첫 손님인데 체험효과라는 판넬은 거짓이기 때문이다. 또 수련체험효과가 임상체험의 결과라고 해도 과학적으로 증명할 수는 없는 그저 막연한 것이었다. 그러나 남자는 벽에 붙어있는 수련체험효과를 읽으면서 고개를 끄덕거렸다.

엄마는 눈치가 빨랐다. 벽 쪽에 붙어 서서 수련체험효과를 읽어 내려갔다.

"예, 첫째로 낡은 기가 사라지고 새로운 기를 받게 되고요. 둘째로 병마가 떠나고 재앙이 소멸됩니다."

남자가 판넬에 눈을 둔 채로 고개를 다시 끄덕였다.

"세 번째로 가족의 소중함을 알게 되겠지요. 그리고 마지막으로 자신의, 아니 선생님의, 아니 사장님의 참모습을 보게 되고 남을 사랑하게 됩니다."

엄만 확신에 찬 모습으로 보이려고 목소리를 높였다. 그런데 엄만 남자를 어떻게 불러야 할지 호칭에 관해 정리가 안 된 것 같았다.

민숙이 수박화채를 내왔다. 남자는 민숙을 건너다 봤다. 엄마가 딸이라며 황급히 민숙을 소개했고 남자는 예쁜 딸을 두었다며 점잖게 대답했지만 게슴츠레한 눈빛은 화채를 놓고 뒤돌아서는 민숙의 엉덩이를 빠르게 쫓고 있었다.

"여기 수련신청서에 이름하고 주소를 써주세요."

엄마가 종이를 내밀었다.

"아, 네."

"그런데 선생님 직업은…."

엄마는 사업을 하는 사람일 텐데 쓸데없는 걸 물었다며 송구스럽다는 표정을 지어 보였다.

외제승용차에 기사를 둔 형편이고 보면 큰 회사 회장, 아니면 사장 정도는 될 것이라고 엄만 지레 생각했다.

"목삽니다."

"네? 목사님요?"

의외의 대답에 엄만 잠시 당황했다. 엄마는 잠시 실망하는 눈치였지만 뭐 어때? 당초 예약했던 고급 체험엔 변함이 없겠지. 다른 소리는 않겠지 하는 생각이 들었다.

"아니 목사님이 이런 곳에…."

"왜요 목산 오면 안 될 이유라도…."

그가 엄마를 바라보며 직업에 무슨 참견이냐는 투로 말을 했다.

"아니요 그건 아니고요 목사님이 굳이 이런 체험을 할 필요가…."

있느냐고 하려다가 엄만 얼른 손으로 자신의 입을 막았다. 이 놈의 입이 방정이라며 후회하고 있는데 그가 기다렸다는 듯이 말했다.

"사실은 바빠서 곧 올라가 봐야 합니다. 가능하면 해지기 전에 수련을 마쳤으면 하는데요."

"…"

"죽음이란 잠시 잠을 자는 거와 같지 않겠어요? 눈을 떴을 때 빛나는 보좌 앞에 있을 테니까요. 일반인들은 죽음의 의미를 깨달아야 하기 때문에 정해진 수련시간이 필요하지만 영적으로 깨어있는 저는 한사코 그럴 필요가 없거든요."

이윽고 수련시간이 되었다. 엄만 목사의 부탁대로 앞부분의 순서는 모두 생략하기로 했다. 하이라이트 부분으로 직접 들어갈 계획이었다.

엄마와 민욱이 그리고 민숙이 검정 상복으로 갈아입었다. 남자는 앞섶에 단추가 달린 수련복으로 갈아입었다. 넓은 수련장 마룻바닥에는 그가 가부좌를 틀고 앉아 있었다. 창에 검정커튼이 내려지자 대낮인데도 체험장은 칠흑처럼 어두워졌다.

민숙이 그의 앞에 촛불을 가져다 놓았다. 스피커를 통해 은은하게 흘러나오는 베토벤의 레퀴엠이 낡은 선풍기가 돌아가는 소리와 묘한 조화를 이루고 있었다. 아마데우스라는 영화에서 살인자가 찾아와서 모차르트 미안하네. 내가 자넬 죽였어!!라고 말할 때 흘러나오던 죽은 자를 위한 장송곡이 분위기를 한껏 고조시켰다.

"조용히 눈을 감으십시오."

천천히 음악소리가 잦아들면서 비음이 섞인 엄마의 목소리가 들려왔다. 엄만 사무실 마이크 앞에서 원고를 읽고 있었다.

그가 눈을 감았다.

"인생은 바람처럼 왔다가 바람처럼 가는 것! 당신의 살문 목젖은 무엇입니까?"

엄마는 기어코 삶의 목적을 살문 목젖으로 발음했다. 그러나 다행스럽게도 크리쎈토 포르테로 흘러나온 음악소리에 묻혀 지나갔다.

"이제 눈을 뜨고 앞에 타오르는 촛불을 지켜보십시오. 제 몸을 태우는 촛불! 이 촛불이 바로 당신이라면… 세상과의 모든 인연이 다 끝나는 순간 홀연히 바람 한 점에 촛불이 꺼지듯이…당신의 목숨이 다하는 순간…당신의 살문 목젖도 무의미하게 됩니다." 음악이 거의 멈췄기 때문에 이번에는 엄마의 오발탄이 여지없이 들어났다. 민숙이 웃음을 참느라 옆에 있는 커튼을 얼른 입에 물었다.

엄마의 고질적인 경상도 악센트가 섞인 대사가 끝나갈 쯤, 민욱과 민숙이 오동나무 관을 들고 들어왔다.

"이생과 이별할 시간이 되었습니다."

엄마는 마지막 부분의 원고를 읽어나갔다.

"관 위에 놓인 종이에 이제 당신이 가까운 분들에게 남길 마지막 편지를 쓰십시오."

관 뚜껑에는 A4용지 한 장과 볼펜이 놓여 있었다.

그는 종이를 받아들고 한참동안을 망설였다. 무슨 말을 써야 할지 전혀 생각이 나지 않는 모양이었다. 그의 콧바람에 촛불이 조금씩 흔들거렸다.

"가족이나 친지…. 누구에게도 좋습니다. 아! 교인들에게 마지막 남기고 싶은 말을 쓰십시오."

교인들에게 라는 말은 엄마가 즉흥적으로 집어넣은 말이었다.

민욱이 수의를 가지고 그의 앞에 나타났다.

"세상과 하직할 시간이 되었습니다. 일어나 수의를 입으십시오."

민욱이 그에게 다가가 그가 수의를 입는데 거들었다.

민욱이 관 뚜껑을 열었다. 오동나무의 질감이 손에 느껴졌다.

"관에 들어가 누우십시오. 엄마의 대사가 끝났다. 그가 들어가 누우면 민욱이 못을 박는 퍼포먼스를 해야 한다. 그가 관 속에서 공포를 느낄 수 있도록 망치를 내려쳐야 한다.

그는 관 앞에 서서 어둠이 가득 찬 관 속을 내려다 봤다. 얼마간 그렇게 시간이 흘러갔다. 민욱이 그를 향해 어서 들어가라고 고갯짓을 했지만 그는 그냥 그 자리에 서 있었다.

그의 시선은 관 뚜껑 옆에 민욱이 가져다 놓은 대못과 망치에 쏠려 있었다. 민욱이 다시 고갯짓으로 재촉을 했다.

그가 갑자기 소리를 질렀다.

"불 켜요! 불!"

어둠 속에서 그가 수의를 벗어 던졌다. 놀란 엄마가 달려와 불을 켰다. 그가 엄마를 보자 어쭙잖게 웃으면서 더듬거리며 말을 했다.

"시간이 없어서 그만 가 봐야겠는데요."

그의 목소리가 떨고 있었다.

그는 밖에 대기하고 있는 운전기사를 불렀다. 엄만 돈을 못 받을까 봐 걱정을 했다. 아닌 게 아니라 그는 반값을 내고 떠났다.

"오살헐 놈! 죽기가 그렇게 싫으면 뭐 하려 와. 아주 뒤지는 것도 아니고 뒤지는 척하는 것인데… 오살헐 놈! 에라, 문딩이 콧구멍에서 마늘씨를 빼먹어라."

엄마는 골목을 빠져나가는 그의 승용차를 향해 욕설을 늘어놓았다. 엄마의 욕설에 장단을 맞추기라도 하는 양 빗물이 고인

물웅덩이의 물이 그가 탄 승용차 바퀴에서 부서져 물보라를 일으켰다.

여름 해는 길었다. 해는 아직 중천에 걸려 있었고 노파는 나무 의자에 앉아서 그런 광경들을 무표정하게 바라보고 있었다.

"거기가 임사체험을 하는 수련장이지요?"

여자의 카랑카랑한 목소리가 들려왔다.

"네 맞습니다. 임사체험장 맞습니다."

엄마가 대답을 하자 의원님! 찾았습니다 하고 옆에 있는 누군가에게 말하는 여자의 목소리가 수화기를 타고 흘러나왔다.

"찾아가려고 하는데 주소 좀 불러주세요."

엄마는 또박또박 씹듯이 주소를 전화기에 대고 뱉어냈다. 엄마가 여자에게 황급하게 물었다.

"어디신데요?"

"여긴 의원님 사무실이예요."

"몇 분이 오시는데요?"

"네 의원님이 임사체험을 하려고 하는데 서너 분이 같이 동행할 거예요."

"그럼 다섯 분이 오시는 거군요. 그리고 예약을 해야 하는데 오시는 날짜를 좀…"

"오는 일요일이구요. 수련을 하실 분은 의원님 한 분이예요. 다른 분들은 의원님이 수련하시는 모습을 곁에서 지켜보실 분들이구요."

여자의 말에는 속도감이 붙어 있었다.

엄마는 일요일 저녁 무렵이 좋겠다며 약속과 함께 연락처를 서둘러 물어 봤다. 여자는 의원님의 명성에 손상이 가지 않도록 각별하게 신경을 써 달라는 사족을 남기고 전화를 끊었다. 여자가 엄마에게 하는 부탁이라기보다 아마 그녀의 옆에 있는 의원이라는 사람에게 잘 보이려고 아첨을 떠는 태도로 짐작이 되었다.

"엄마! 국회의원이래요?"

"모르겠다. 그냥 의원님이라구 하더라."

"또 기대했다가 지난번에 그 짝 나는 것 아니야? 엄만 전화를 받았으면 국회의원인지 시의원인지 아니면 구의원인지 확실하게 알아봐야지…. 앞전에 엄마는 큰 회사 사장님이 온다고 난리법석을 떨더니 고작 사이비목사였잖아요."

"죽는 연습하러 오는 마당에 국회의원이면 어떻고 구의원이면 어때서, 그런데 뭔 사람이 선거철도 아닌데 사람들을 몰고 다닌다냐? 암튼 오빠한데 이야기해서 준비나 잘 해 둬라."

"엄마! 밖에 그 할머니 말인데요. 하루 종일 우리 집만 보라보고 있어요."

"신경 쓸 거 없다. 치매 걸린 노인이라서 그래."

"벙어린가 봐요. 인사를 해도 통 받지 않고, 내가 말을 시켜 봤는데 아무런 대꾸도 없고…."

"신경 쓸 거 없대도 그러네. 치매 노인 치고는 식구 속 안 썩이고 그만하면 됐지."

"엄마! 그런데 요 며칠 전부터 할머니가 머리에 새끼줄을 둘렀더라. 대나무 지팡이도 짚고, 그러고 앉아서 우리 집만 바라보고 있어서, 기분이 나쁘고, 무섭기도 하고."

"쓸데없는 소리 그만하고, 수련복이나 챙겨둬라."

"실성해서 그렇지 무슨 사연이 있겠어요?"

민숙이 수건을 개면서 되물었다.

"수양딸인가 하는 젊은 여자가 그러는데 자식을 기다리느라 온종일 집 밖에 나가 있다고 하더라."

"할머니 자식이 집을 나갔는가 보죠?"

"에고, 돌아올 수 있는 자식이면 오죽이나 좋겠냐? 죽은 지 20년이 훌쩍 넘었는데… 뭐시냐 80년에 광주에서 사람들 많이 죽었잖냐. 그때 죽었다더라. 고등학생이었다는데…."

"듣고 보니 불쌍한 할머니네요."

"자식이 죽으면 부모는 가슴에 묻는다는데… 할머니는 자식이 죽었다고 생각하지를 않는거지. 그러니까 가슴에도 못 묻고 허구한 날 저렇게 나와서 앉아있는 거지. 오살헐 놈의 세상."

민숙이 창을 열고 밖을 내다 봤다. 노파가 체험장 쪽을 물끄러미 바라보고 있었다.

민욱이 향로를 들고 체험장으로 들어왔다.

민욱이 향로에 몇 개의 향을 꽂고 불을 붙였다. 푸른 연기가 흐느적거리면서 허공으로 피어 올랐다. 근방 향 내음이 실내에 퍼졌다. 역시 향을 피워야 영안실 같은 분위기가 된다.

사무실에서 의원님은 화장을 하고 있었다. 화장은 오페라무대에 서는 배우처럼 짙고 선이 굵은 입체화장이라서 화장이라기보다는 분장에 가까웠다.

"엄마 저 사람 왜 저래요?"

민숙이 엄마에게 물었다.

"뭔 지랄인지 나도 모르겠다. 사진발이 잘 받아야 한다며 저 지랄을 떨고 있구나."

엄마가 민숙에게 귀엣말로 소곤거렸다.

"사진이 필요하면 사진관으로 가야지 뭔 짓들이래요?"

민숙이 마치 들으라는 듯 소리를 높였다.

"쉿! 그냥 하자는 대로 내버려 둬라. 산통 깨지 말고…."

엄마가 민숙의 옆구리를 쥐어박았다.

그러고 보니 예약할 때 여자가 했던 서넛의 동행이란 말은 바로 젊고 예쁜 여비서와 촬영기사 그리고 분장사를 두고 하는 말이 분명해졌다.

임사체험은 프로그램대로 순조롭게 진행되었다. 엄마는 유난히 비음이 섞인 목소리로 대사를 읽어 내려갔고 사내는 촛불 앞에 가부좌를 틀고 앉아 있었다. 그러나 밝은 라이트 아래 캠코더가 촬영하고 있는 광경은 임사체험수련장이라기 보다는 영화 촬영장에 가까웠다. 흡사 한 사람의 주인공이 연기를 펼치는 모노드라마의 촬영장과도 같았다.

사내는 입관에 앞서 다시 창백한 얼굴 모습으로 분장을 했다. 관 속에 누워 있는 사내를 더 오랫동안 촬영할 수 있도록 민욱은 관 뚜껑을 덮지 않았다. 마지막으로 관 뚜껑을 닫고 민욱이 못질하는 퍼포먼스에서 촬영기사는 컷을 외치며 촬영은 멈추었다. 다시 관 뚜껑이 열리고 사내가 배시시 웃으며 일어났다. 사내가 죽음에서 부활한 것이었다. 활짝 핀 꽃처럼… 그는 환하게 웃었다.

"수고 하셨습니다."

함께 온 사람들이 앞다투어 사내에게 인사를 건넸다. 사내가 일일이 손을 내밀어 악수를 했다.

"수고했어요. 잘 나오겠지요?"

사내가 촬영기사에게 말을 던졌다.

사내가 수의를 벗어 민욱에게 건네자 비서가 들고 있던 양복 저고리를 재빨리 그에게 내밀었다. 촬영기사가 여부가 있겠느냐는 투로 몇 마디 말을 하자 사내는 만족한 듯 연신 굿! 굿! 하며 만족해했다.

사내는 엄마와 민욱이 그리고 민숙에게 일일이 손을 내밀었다. 손을 쥐고 흔드는 것은 그의 버릇인 듯했다. 정치하는 사람들은 정말 악수하는 것을 좋아하는가 보다.

"수고했어요. 잘 부탁합니다. 바로 이 사람이 세상을 확 바꾸겠습니다."

부활한 그가 정말 세상을 바꿀 것 같은 믿음은 없었지만 이상하게도 거부감은 없었다.

그가 타고 온 차로 돌아가자 어느 틈에 여비서가 차에서 가져온 케이크와 봉투를 엄마에게 내밀었다. 이번에 국회의원 선거에 나가실 건데 당선되면 다시 찾아와 인사를 하겠다는 입에 발린 말을 했다. 임사체험기록은 선거홍보용 책자를 만드는 데 사용될 것이라고 했다. 인생을 고뇌하는 철학이 있는 정치가로 다른 후보와 차별화를 기할 것이라고 비서는 묻지도 않는 설명을 늘어놨다.

임사체험수련장을 원래의 목적과는 상관없이 촬영장으로 빌려주는 꼴이 되었을 뿐 아니라 엄만 성우, 민욱이는 진행, 그리고 민숙이는 소품담당 역을 해낸 셈이었다.

엄마와 민욱이와 민숙은 떠나는 차를 향해 허리를 굽힌 채로 엉거주춤 서 있었고 그 광경을 나무의자에 앉아 있는 노파가 무심히 바라보고 있었다.

민숙이 냉커피를 들고 들어갔을 때, 그와 눈이 마주쳤다. 하마터면 민숙은 냉커피를 쏟을 뻔했다. 냉커피 잔이 둔탁한 소리를 내며 탁자 위에서 잠시 흔들렸다. 엄마가 뭐라고 민숙에게 말을 했지만 민숙에겐 들리지 않았다. 그녀는 서둘러서 그 자리를 피해야겠다는 생각뿐이었다. 사무실을 빠져 나온 민숙은 심호흡을 했지만 가슴이 두근거렸다. 그와 잠깐 눈이 마주쳤었는데 혹시 알아보지는 않았을까? 아니 산부인과 의사가 여기는 왜? 아니야 오지 말라는 법은 없지. 낙태수술을 하는 사람이 수없이 많은데, 날 알아볼 리가 없어. 혹시라도 알아봤다면 엄마에게 누구냐고 물어봤을 것이 뻔해. 그리고는…. 민숙은 점점 초조해졌다. 눈앞이 깜깜했다. 어지러웠다. 아니 저 인간이…. 그의 손이 하복부 밑으로 기어드는 느낌에 소름이 느껴졌다. 욱~ 목구멍까지 메스꺼움이 치밀고 올라왔다.

얼마를 지났을까 그가 돌아가는 기척이 났다. 그가 문을 나서

기가 무섭게 기다렸다는 듯이 엄마가 버럭 소리를 질렀다.

"민숙아 문간에 소금 뿌려라! 얼른!"

"오살헐 놈! 무당을 찾아가야지 여긴 뭔 지랄 났다고 와? 별 미친놈 다 봤네."

민숙은 엄마의 눈치를 살피면서 빈 찻잔을 쟁반에 담았다.

"오살헐, 오살헐 노옴…." 엄마는 무척 화가 나 있었다. 엄마는 그가 나간 문을 노려보면서 욕설을 해댔다.

"엄마 그 사람이 뭐라 했는데?"

"뭐라더라? 죽은 애기들을 위해 무슨 곡을 해 줄 수 있냐고 하더라."

"곡이라면 노래 말이예요?"

"나도 처음에는 노래인 줄 알았는데, 나보고 울어줄 수 있느냐는 거야. 원 세상에…. 산부인과 의산가 본데, 떼 버린 애…. 뭐냐, 낙태해서 죽은 애들이 자꾸만 꿈에 나타난다며, 죽은 태아를 위해 진혼을 해달라지 뭐냐."

민숙은 다시 메스꺼움이 치밀어 올라왔다.

"애 뗀 년들도 버젓이 낯짝 들고 다니는데, 미친놈… 그렇게 맘이 찔리면 병원 문을 닫든지…. 성자 났다. 성자 났어…."

민숙은 얼른 일어나 창문을 열었다. 그녀는 창 밖에 고개를 내밀고 심호흡을 했다. 엄마의 말이 그 일을 하고서도 버젓이 낯짝

들고 다니는 자신을 두고 하는 소리로 들렸다.

담 밑에 앉아 있는 노파가 무표정하게 민숙을 바라보고 있었다.

"선생님 학생들이 몇 명이나 되나요? 준비되어 있는 관이 열 개밖에 안 되어서요."

민욱이 학생들을 인솔하고 온 교사에게 물었다.

"모두 열아홉 명인데요. 제가 전화를 했었는데…. 준비가 안 되어 있다니요?"

민욱은 예약을 받은 엄마를 바라봤다. 이미 엄마는 열아홉 명을 계산한 돈을 받아 서랍에 넣고는 영수증을 끊어 그에게 건네주었다. 그가 난감해 하는 눈치였지만 학생들 앞에서 화를 참느라 얼굴이 일그러져 있었다.

"저기요. 두 그룹으로 나누어서 진행하면 별 문제가 없어요. 첫 그룹이 명상을 할 때 다른 그룹이 입관을 하고, 첫 그룹이 입관을 할 때 다른 그룹이 명상을 하면 어떨까요?"

얼음을 띄운 수박화채를 그들 앞에 내 놓으면서 민숙이 애교스럽게 웃어 보이며 인솔교사에게 말했다.

"암요. 암요. 그러면 문제 없어요."

엄마가 민숙의 말을 반겼다. 엄만 교사가 해야 될 대답을 대신

하고 있었다. 기가 막혔다.

민숙이 별도로 내온 냉커피를 인솔교사 앞에 내밀었다. 민숙의 친절에 그는 어쩔 수 없다는 듯 학생들을 두 그룹으로 나누었다.

아직 솜털이 뽀송한 나이의 학생들은 호기심이 가득한 눈빛으로 향냄새가 자욱한 수련장을 기웃거렸다. 상가에서 느끼는 을씨년스러운 한기가 느껴졌다. 그들은 주검의 칙칙한 그림자가 주는 두려움을 떨쳐버리려고 낄낄거리며 장난쳤지만 감수성이 예민한 청소년인 그들은 곧 수련복으로 갈아입고서는 숙연한 모습이 되었다.

명상수련 시간도 끝이 났다. 이제 유서를 쓸 시간이 되었다. 각자의 앞에 놓인 촛불들이 마치 혼귀가 찾아와 춤을 추듯이 흔들거렸다.

"당신이 세상을 떠날 시간이 한 시간 밖에 남지 않았습니다. 어떻게 하시겠습니까? 한 시간 밖에 남지 않은 시간에 누군가 당신에게 소중한 사람이 있다면 마지막 말을 남기지 않겠습니까? 유서를 써 보지도 못하고 갑작스럽게 세상을 마감해 버린 사람들 보다 유서를 쓸 수 있는 시간을 갖게 된 당신은 행복한 사람입니다. 누구에게나 죽음은 찾아오기 마련입니다. 당신의 주검

앞에 당신이 사랑했던 사람들은 무척 슬퍼할 것입니다. 이들이 너무 슬퍼하지 않도록 그들에게 당신이 글을 남김으로써 아름다운 임종으로 기억되게 하고 싶지 않으십니까"

비음이 섞인 엄마의 목소리가 스피커에서 흘러나오자 분위기는 더욱 숙연해졌다.

"자, 앞에 놓인 종이에 당신이 이 생에서 꼭 남기고 싶은 마지막 말을 쓰십시오. 후회되는 일이 있거나 부탁하고 싶은 말도 좋습니다. 사랑하면서도 사랑한단 말을 하지 않았다면 사랑한다는 마지막 말을 고백하십시오."

엄마는 이제 커피를 마실 시간이다. 멘트가 없는 유서를 쓰는 시간에 엄마는 버릇처럼 커피를 마셨다.

침묵보다 무거운 시간들이 흘러가고 있었다.

갑자기 여기저기에서 흐느끼는 소리가 들려왔다. 그리고 그 흐느낌은 전염성이 강했던지 체험장 전체를 흐느끼게 하고 있었다.

마지막으로 수의를 입고 관에 들어갈 때 학생들은 저마다 어린애처럼 엄마를 부르면서 눈물을 뚝뚝 떨어 뜨렸다.

관 뚜껑이 닫히자 기다렸다는 듯이 민욱이 못자리에 망치질을 차례로 해 나갔다.

꽝, 꽝, 꽝 망치소리는 공명을 일으켜 더욱 크게 들렸다.

짧은 시간이었지만 체험장에는 을씨년스럽게 관들만 놓여 있었다. 커튼 사이로 햇빛 한 줄기가 관위에 떨어져 산란을 일으키고 있었다.

 스피커를 통해 흘러나오는 레퀴엠이 멈추면 모든 프로그램은 끝이 나게 된다. 이 때 갑자기 밖이 소란스러워 졌다.
 "석진아… 이 어미를 두고 어디를 간단 말이냐? 석진아! 석진아!"
 노파가 체험장 문을 두드리면서 절규하기 시작했다.
 "이 어미가 그토록 기다렸는데… 아이고 생떼같은 내 자식…. 석진아! 서억진아!"
 노파의 퍼포먼스에 맞추기라도 하는 듯 레퀴엠은 포르테 크리쎈토로 내달리고 있었다. 놀란 학생들이 하나 둘 관 뚜껑을 밀쳐내며 일어나고 있었다.
 "간다 간다 내 새끼, 북망산천에 꽃 꺾으려 간다 간다 내 새끼…."
 노파의 절규는 이내 장타령조로 바뀌어 있었다. 엄마와 민욱이 달려 나가고 수의를 입은 학생들이 하나 둘 이들을 따라 밖으로 뛰어 나갔다.
 지금까지 한 번도 입을 떼지 않던 노파가 주저앉아 폭포처럼 절규를 토해 놓고 있었다.

7

박 여사 승천기

7

 그녀의 검고 찰진 머리칼을 남자는 연신 쓸어 올린다. 박 여사는 남자의 손가락 사이로 자신의 머리칼이 국수 면발처럼 빠져나갈 때마다 온몸이 짜릿짜릿해 오는 쾌감을 느낀다. 그녀는 지그시 눈을 감는다. 젊은 남자의 손끝에서 라일락향내가 느껴진다. 특히 남자가 그녀의 앞 머리칼을 뒤로 쓸어낼 때는 두피가 약간씩 당기는 느낌이 이상하게도 상쾌함을 더해 준다. 남자의 익숙한 손길은 마치 바이올린을 연주하듯 부드러우면서도 머리칼에서 손가락의 텐션이 느껴진다.

 찰캉찰캉… 남자는 그녀의 머리칼을 손가락 마디에 감아쥐고는 적당하게 잘라낸다. 잘린 머리카락이 목덜미를 간지럽게 타고 내려갈 때 그녀는 바람에 요사스럽게 흔들리다 흩어지는 자작나무 잎새를 생각한다. 일부러 그런 것 같지는 않았지만 남자의 손등이 귓바퀴를 반복적으로 스칠 때에 약간씩 감전된 듯 기분이 그리 나쁘지 않다.

서울에서 방귀깨나 뀌는 사람들의 마누라들이며 유명 연예인들이 드나드는 곳에, 그녀들이 앉았던 미용의자에 버젓이 앉아서 머리를 손질하고 있는 자신이 마치 꿈을 꾸는 것만 같다. 그러나 남자의 익숙한 손놀림을 기분 좋게 느끼고 있다는 것으로 박 여사는 압구정동 외출을 꿈이 아닌 현실로 실감하고 있다.

그녀는 실눈을 뜨고 거울을 본다. 남자는 얄쌍한 가위를 엄지와 약지 사이에 끼고 가위질을 해대다가도 재빠르게 오른손 검지와 장지로 감아올린 머리칼을 왼손이 능숙하게 빗질을 한다. 남자의 손에 쥔 가위가 입을 열고 닫을 때마다 나는 금속성 소리가 상큼하게 들린다. 실눈을 뜨고 있는 거울 속의 그녀를 향해 남자가 싱긋 웃어 보인다. 박 여사는 헛기침을 하고는 얼른 눈을 감는다.

암, 상촌읍내 박은분이 아니지, 아니고말고. 시골구석에서 썩던 박은분은 예전에 죽고 없지… 죽고말고. 압구정동이 그냥 압구정동이냐? 이 박은분이 아니면 누가, 누가? 이런 생각에 빠져 있는데 남자의 손등이 다시 귓바퀴를 스치자 그녀는 마른입에 고인 침을 꿀꺽 삼킨다.

  그녀는 이런데 오면 자신도 모르게 촌티를 낼 수 있다며 사나흘 전에 남자에게 줄 팁으로 5만원 권 신권을 준비했다. 머리손질 값 말고도 우아하게 아주 우아하게 루이비똥핸드백에서 신권 두 장을 빼내 팁으로 남자의 손에 쥐어 줄 생각을 하니 그녀는 금방이라도 오줌이 나올 것만 같이 조바심이 났다. 마음 같아서는 기지개를 맘껏 펴고, 으아 서울이 좋기는 좋다! 라고 소리라도 한바탕 지르고 싶은 심정이다. 남자는 이를 알기라도 한 듯, 경쾌하게 가위질을 해나간다. 옆머리를 손질하기 위해 남자가 좌우로 허리를 굽힐 때마다 엉덩이에 걸친 청바지 위로 배꼽이 배시시 들어나 보인다. 배꼽 주위는 물론 위쪽으로 난 검고 매력적인 털이 육감적으로 느껴진다. 남자가 속옷을 입지 않고 얇고 매끄러운 겉옷만 입고 있다는 것이 조금도 이상하게 느껴지지 않는다. 압구정동에서는 그런 옷차림이 오히려 자연스럽다.

  그래, 상촌에 내려갈 때까진 긴장을 늦추지 말아야지…. 지난달에 산 루이비똥핸드백만 해도 그렇지. 시골 것들은 통 명품을 명품으로 알아보지를 못한단 말이야. 그런데 서울에서도 자칫 잘못 행동하면 오리지널 루이비똥을 가지고도 짝퉁으로 오해를 받을 수 있다고 하니 각별히 조심해야겠다는 생각을 한다.

  명품가방에 관한 이야긴데 비오는 날에 가슴에 품고 가면 진

짜고 머리에 이고 가면 짝퉁이라는 말이 있지 않은가? 촌티를 내면 명품마저 짝퉁으로 보일 수가 있다는 생각에 그녀는 몸짓 하나하나에도 신경을 써야겠다고 마음을 다진다.

창 너머로 푸른 가을 하늘이 높아 보인다. 자외선을 차단하기 위해 짙게 착색된 유리창 때문에 하늘은 더 없이 푸르게 보인다. 빌딩 모퉁이에 찔린 하늘은 더욱 푸른빛이다. 그녀는 미용의자에 편한 자세로 누워 마음속으로 빌딩숲 사이로 펼쳐진 푸른 하늘을 향해 '박은분 시인 만세!'가 쓰인 종이비행기를 수 없이 날려 보낸다.

오후 3시, S를 만날 시간은 아직 이르다. 그녀는 대학로 마로니에공원을 천천히 걸으면서 초면인 S에게 할 말을 머릿속으로 차근차근 생각해 본다. 느티나무 잎새가 물결처럼 바람에 보기 좋게 흔들린다. 뒤에서 불어오는 바람 때문에 그녀는 자신의 머리칼에서 찰랑거리는 올리브 향을 기분 좋게 느낀다.

S와의 만날 약속을 위해 두 주전에 미리 답사를 했기 때문에 그녀에게 대학로 마로니에는 마치 상촌읍내처럼 낯익고 정겹게 느껴진다.

박여사는 주도면밀했다. 그녀가 대학로 근처로 약속 장소를 택한 것도 다 이유가 있어서다. S에게 클래식한 면을 보여 환심을 사고 싶기도 했지만 그 보다는 가슴 저 밑바닥에 언제나 옹이처럼 박혀있는 짧은 가방끈이 대학로를 약속장소로 찜하게 된 이유이다. 또래 애들을 만나면 괜히 주눅이 들었던 가방끈, 그녀는 그것마저 지금은 잊고 싶었다.

마로니에공원을 걷고 있는 그녀의 가슴은 마냥 부풀어 오른다. 얼마나 많은 인재들이 이곳에서 정제된 공기를 마시면서 멋있는 꿈을 꾸었을까? 그들이 마신 공기를 마시면서 그들이 걷던 땅을 내딛고 있다는 것이 여간 기쁘지 않다. 모든 길이, 길바닥의 모든 돌들이, 모든 건물들이, 모든 나무들이 정겹게 느껴진다. 갑자기 자신이 예전에 책을 끼고 마로니에를 걸었던 것만 같은 착각이 든다.

아르코미술관을 지나 아르코예술극장으로 가는 광장에는 힙합바지를 입은 한패의 젊은 비보이들이 빠른 템포의 음악에 맞춰 브레이크댄스를 추고 있다. 한 아이가 춤을 추다가 한 손만을 짚고 물구나무를 서는가 하면 또 다른 아이가 앞으로 나와 머리를 바닥에 박고 마치 팽이를 돌리듯 몸을 돌린다. 비보이들이 갖가지 묘기를 보일 때마다 둘러서서 구경하는 사람들이 박수와 함께 환호성을 질러댄다. 이들로 인해 마로니에공원은 금방 생기가 넘친다.

맞아! 저 싱그러운 젊음, 저 자유로움, 머리통으로 돌아도 잘만 도네, 상촌읍내 구석의 애들이 흉내라도 낼 수 있간? 그래, 배운 놈은 머리를 굴려서 먹고사는데 저렇게라도 머리통을 굴리며 박수를 받을 수 있는 서울이 좋기는 좋아, 서울은 모든 것이 수준이 높단 말이야. 구경하는 박 여사가 이런 생각을 해서인지 그녀의 어깨가 저절로 리듬을 탄다.

그녀는 황급히 시계를 봤다. 약속시간까지는 아직 두어 시간이나 남았지만 그녀는 시간이 지날수록 조금씩 초조해지기 시작한다. 혹시 S가 약속을 잊어버리지는 않았을까? 전화를 해봐? 아니야 기다리지 못하고 전화하는 것은 교양이 없어 보일 수도 있어, 그녀는 핸드폰의 액정시계를 열어본다. 4시 20분을 넘어서고 있다. 그와의 만나기로 한 약속시간이 아직은 많이 남았는데도 박 여사는 시간이 빨리 가는 것처럼 느낀다. 그녀는 공원벤치에 앉아 마음을 진정시키고 앞으로 일어날 일에 대해 차근차근 생각해 보기로 한다.

비보이의 길거리 공연도 끝나고, 그 자리에는 교회이름이 적힌 어깨띠를 두른 전도단이 자리를 잡았다. 그들은 공원에 나와 있는 사람들에게 부지런히 전단지를 나눠어주고 있다. 앳된 단발머리 계집아이가 박 여사에게 다가와 전단지를 내민다. 표정이 없어 보이는 계집아이가 오후 햇살을 가로막고 서서, 어서 전단지를 받으라는 태도다. 계집아이가 내민 전단지 상단에는 '무엇을 고민하십니까? 하늘에 소망을 두십시오!'라는 태고딕체의 글자가 금방 눈에 들어온다. 박 여사는 계집아이의 눈길을 피하기 위해 머리를 젖힌다. 그녀는 플라타너스 잎새 사이로 선명하게 보이는 하늘을 올려다본다. 햇살 때문에 그녀가 눈을 찡그렸지만 계집아이는 기분 나빠하지 않는다. 박 여사는 계집아이가 쥐고 있는 전단지에 잠시 눈을 둔다. '하늘'이라는 글자가 유독 붉은 색이다. 전단지를 내밀고 있는 계집아이는 고집스럽다. 쉽게 떠날 것 같지 않다. 박 여사는 계집아이가 여러 말로 전도라도 하게 되면 더 귀찮아질 수 있다는 생각이 들자, 얼른 전단지를 받아 무릎 위에 올려놓는다. 계집아이가 자리를 뜨자 여름햇살이 보기 좋게 그녀의 무릎에서 부서진다.

박 여사는 핸드백에서 S에게 건넬 자신의 명함을 다시 한 번 챙긴다. 명함에는 단정한 명조체로 '시인 박은분'이라는 검은 글씨가 선명하다. 마치 흰 명함종이가 글자들을 밀어올리고 있는 듯 뚜렷하게 뵌다. 그녀는 크게 숨을 몰아쉰다. 상촌읍내 강가네 마누라가 아닌 시인 박은분은 생각할수록 기분이 좋다. 그녀는 S와 인사를 할 때에 꺼내기 쉽도록 핸드백 외부 주머니에 명함을 밀어 넣는다. 그리고 별도로 마련한 백화점상품권도 꺼내기 쉽게 핸드백의 가장 자리로 옮겨 넣는다.

공원에는 음악소리가 없지만 박 여사의 발부리는 가볍게 발장단을 치고 있다. 그녀의 마음에 감미로운 선율이 흘러가고 있다는 것을 알 수 있다. 발장단은 마지막 비상을 위해 날갯짓하는 새의 깃털처럼 가볍고 경쾌했다.

이제 S를 만나 인사를 나누고 차를 한잔 한 다음에 근처 식당에 들러 식사를 하면서 본론에 들어가면 된다. 준비는 완벽하다. 그녀는 핸드백을 들어 무릎 위에 있는 전단지를 무심코 읽어 본다. '살아남은 자는 저희와 함께 구름 속으로 끌어 올려 하늘에서 주를 영접하게 하시리라'라는 문구 아래 예수를 맞이하기 위해 공중으로 들려진 흰옷 입은 무리가 그려진 환상적인 그림이 박 여사의 눈을 잡는다.

맞아, 살아남은 자만이 하늘을 날게 되겠지…. 이 땅의 내로라하는 시인들과 함께…. 그녀는 혼자서 고개를 끄덕였다. 그녀는 지금 유럽을 향해 날아가고 있는 비행기를 생각한다. 전단지의 문구가 자신의 앞날을 미리 예언하는 예사로운 일이 아니라고 생각한 그녀는 전단지를 곱게 접어 핸드백에 넣는다.

잊어야 해. 지난날은 모두 잊어야 해. 더 이상 상촌읍내 박은분은 아니지. 더군다나 귀에 딱지가 앉도록 들었던 강가 마누라는 아니지. 아니고말고!… 자신감을 가져야 해… 그녀는 벤치에 앉은 채로 가슴을 힘껏 펴며 두 주먹을 불끈 쥐어본다.

　인생역전! 누구에게나 반전의 기회는 있다. 기회는 잘 활용하느냐 그렇지 못하고 흘러 보내느냐의 차이고 보면 박 여사는 이 기회가 인생을 역전시킬 수 있는 절체절명의 시기라고 믿고 있었다. 더군다나 자신이 기회를 만든 것이 아니라 생각지도 않았는데 인생역전의 기회가 찾아왔다면 그 행운을 놓칠 순 없다.

　읍내에서 자린고비로 소문난 시아버지가 생전에 사둔 웃둠사래밭은 박 여사에게는 생각하기조차 싫은 땅이었다. 풀 한포기 스스로 싹을 틔울 수 없는, 도저히 농사라고는 지어 먹을 수 없는 박토였지만 땅을 놀리면 죄 받는다는 시어머니의 성화에 떠밀려 해마다 그곳에 콩을 심었다. 그러나 알갱이가 여물기도 전에 대부분 시들어 버려서 어느 해 한 번 농사다운 수확을 한 적이 없었다. 호미 끝에 걸려 나오는 돌멩이만도 밭가에 담을 칠 정도로 많았다. 그녀는 돌멩이를 밭가로 내던지면서 욕설을 퍼부었다. 욕설의 대상이 대부분은 시어머니였지만 밭고랑 몇 두룩을 못 가서 박복한 자신의 신세를 한탄했다. 시어머니가 죽었을 때도 박 여사가 누구보다 서럽게 울었던 것은 자신의 박복함을 울음으로 터트릴 수 있는 기회였기 때문이었다.

　그 자갈밭에 산업단지인지 유통단지인지 하는 것이 들어서게 되면서 사래밭을 정부가 매입하게 되었고 받은 보상금이 박 여사로서는 로또복권당첨에 버금가는 큰 액수였다.

그러고 보니 박 여사는 돌아가신 시어머니에게 여간 미안한 생각이 드는 것이 아니었다. 지긋지긋한 농사가 싫어 그녀가 남편을 충동질해서 사래밭을 처분하려고 하자 땅 팔아먹는 놈 치고 빌어먹지 않은 놈 못 봤다며 한사코 반대하던 시어머니가 생각할수록 그렇게 고마울 수가 없었다.

아무래도 저승에 계신 시어머니가 그 자갈밭을 흥부네 박덩이로 바꿔준 것이라는 생각이 들었다. 그녀는 앞으로 제사만큼은 성심성의껏 모셔서 저승에 계신 시부모에게 보답을 해야겠다고 마음 먹었다.

강가네가 벼락부자가 됐다는 소문은 읍내를 벗어나 멀리멀리 퍼져나갔다. 남편은 대대로 살던 농가를 헐어버리고 그 자리에 붉은 벽돌집을 짓고 대문에 양각으로 새긴 문패를 달았다. 그 사이에 읍내사람들은 남편에게 달려와 읍내번영회후원회장, 의용소방대후원회장, 조기축구회후원회장 외에도 여러 개의 감투를 안겨주었다.

박 여사에게 첫 번째로 일어난 놀라운 일은 그녀에게 승용차가 생겼다는 사실이다. 남편은 후원회장 댁의 수준에는 이 정도의 차는 굴러야 한다며 고급세단을 그녀에게 사준 것이다. 격세지감이란 이런 경우에 쓰는 말인 듯하다. 쪽팔리게 경운기를 타고 읍내 나들이를 하던 박은분이 광택이 자르르 흐르는 세단을 타고 나들이하게 되었으니 사람팔자가 시간문제라고는 하지만, 그녀는 자다가도 허벅지를 꼬집어 볼 일이었다. 그녀는 꿈이 아니라는 것을 스스로 확인하고 싶어서 하루에도 수 없이 읍내를 돌고 또 돌았다.

 돈이 있으면 구두 뒤축이 가볍게 느껴진다고 마음도 너그러워지는 모양이다. 남편은 그녀에게 농사일같이 궂은일은 하지 말고 취미생활을 찾아보라고 했다.

 취미생활? 박 여사에게는 낯선 단어였다. 밭일하고, 밥 짓고, 빨래하고, 가끔씩 시장통에 나가서 식료품이나 옷가지를 사오고, 남편하고 싸움질하다 지치면 울고 하던 자질구레한 생활은 있었지만 취미생활이라니… 그럼 취미를 생활화한단 뜻인데… 취미, 취미, 취미, 아~ 그런 것이 있었지….

 문득, 지난해에 들어선 문화센터가 떠올랐다. 그녀는 남편에게 전화를 했다. 오후에 남편이 문화센터의 프로그램을 들고 들어왔다. 꽃꽂이, 서예, 기타, 에어로빅 등 어느 것 하나 마음에 드는 것이 없었다. 모두가 낯설었다. 낯선 정도가 아니라 그것들은 해 볼 엄두가 나지 않았다.

K가 그녀 앞에 나타난 시점은 매미소리가 시름시름해 지는 여름의 막바지였다. 원래 그는 읍내에서 살고 있었지만 누구의 주목도 받지 못했다. 부지런히 일해야 처자식 먹여 살리고 겨우 공부시킬 수 있는 읍내 사람들의 눈에 그는 있으나 마나한 사람, 무의도식하는 놈팡이에 지나지 않았다. 그는 읍내에서 전혀 어울리지 않는 이방인이었다.

추레한 작업복 차림에 머리가 벗어져 나이보다 십 년은 더 많아 보이는 그가, 하릴없이 동네어귀 주막에 앉아서 주모의 미움을 받거나 가끔씩 장터를 어정거리는 그가, 시인이라고 했다. 시인이 뭔데? 귀신 씨나락 까먹는 소리나 하는 한량? 아니면 도깨비 물 건너가는 소릴 하는 얼간이? 아무튼 그가 시인이라는 것을 마을 사람들은 알아주지 않았다. 그것은 열심히 살아가는 읍내 사람들과는 무관한 일이었다.

시라고는 초등학교 때 동요로 불렀던 것 말고는 모르는 박 여사는 K가 시인이라는데 묘한 매력을 느꼈다. 어릴 적 흑백영화에서 봤던 장면, 폐병으로 각혈을 하면서 시를 읊어대던 청년, K를 보는 순간 왜 하필 아스라한 기억 속의 영화가 떠올랐는지 모르지만 그녀는 그날부터 시에 관심을 갖게 되었다. 그길로 그녀는 읍내서점에 나가 점원이 권하는 베스트에 오른 몇 권의 시집을 샀다.

그녀는 그것들을 읽고 또 읽어 봤지만 가슴이 뭉클한 느낌은 없고 무슨 말인지 전혀 알 수가 없었다. 그래도 그녀는 끝까지 읽었다. K를 만나기 위해….

황실다방을 들어서자 마담이 어쩐 일이냐는 표정으로 박 여사를 바라봤다. 마스카라를 짙게 한 마담의 눈매가 어둑어둑한 실내인데도 괭이눈처럼 커 보였다. 구석에 앉은 K가 박 여사를 보자 여기라며 반쯤 일어났다 앉는 시늉을 했다.

K는 기침을 하지 않았다. 피를 토하지도 않았다. 그런데도 박 여사는 자꾸만 흑백영화가 생각나서 마담이 가져다 놓은 막잔에 담긴 물에 시선을 고정하고 그의 이야기를 들었다.

시집은 읽어 봤느냐고 그가 묻고 베스트가 되었다는 시집을 읽어 봤다고 그녀가 대답했다. 그런 허접한 것은 읽을 필요가 없다고 그가 말했고 그녀는 괜한 일을 했다며 후회했다. 그리고 그가 무어라고 어려운 말을 하는 것 같더니 시에 취미가 있으면 아무나 시인이 될 수 있다고 말했다. 박 여사는 시가 취미가 될 수 있다는 말에 귀가 번쩍 뜨였다. K는 생각이 있으면 토요일 오전 10시에 황실다방으로 나오라고 했다. 참미래시연구회 회원으로 받아주겠다는 것이다.

박 여사는 더 이상 머뭇거릴 이유가 없었다. 찾는 자는 찾을 것이며 두드리는 자에게 열린다는 말이 있지만 문화예술 활동이라고는 전혀 기대할 수 없는 시골바닥에 그런 모임이 있다는 것은 하늘이 박은분을 위해 마련한 축복의 자리라는 생각이 들었다.

참미래시연구회라는 거창한 이름과는 달리 일주일에 한 차례, 시골아낙 몇이 작은 탁자를 사이에 놓고 앉아서 K의 이야기를 듣는 것이 고작이었다. 그러나 취미로 하다보면 시인이 된다는 데 박 여사는 마음이 끌렸다.

그녀는 그 모임에 들어간 지 얼마 되지 않아서 단연 중심인물이 되었다. 회원 대부분은 문학소녀를 꿈꾸던 학창시절의 추억 때문이거나 시창작이라는 조금은 색다른 분위기가 좋아서 나왔기 때문에 열정이 없었다. 그와는 다르게 박 여사의 열정은 마치 신 내림을 받은 무당처럼 싱싱했다.

K가 쓴 시는 어려웠다. 그의 시는 아무리 읽어봐도 도무지 무슨 말인지 알 수가 없었다. 마치 철학서적 한 쪽을 필사한 것처럼 K의 시는 난해했다. 그런 K의 시를 박 여사는 단 한 줄도 이해할 수 없었지만 그의 이야기에 엄숙했다. 미래에는 지금의 시라고 나도는 허접한 것들은 모두가 쓰레기가 되고 자신이 쓴 것과 같은 시만이 살아남는다는 그의 말에 그녀는 머리를 조아렸다. K는 자신이 쓴 시를 참시라고 이름을 붙여 기존의 시와는 차별되어야 한다고 말했다. 맞아! 참숯, 참기름, 참깨, 참이슬처럼 시에

도 참시가 있겠구나 하고 그녀는 고개를 끄덕였다. 그녀의 눈에 K는 낡은 것을 타파하고 새로운 지평을 열 위대한 선각자로 보였다. 그래 상촌에서 위대한 인물이 나오지 말라는 법도 없지, 예수도 베들레헴이라는 깡촌에서 태어났는데 상촌이 어때서? 그러고 보니 반들거리는 대머리마저도 그녀에게는 지적 매력으로 느껴졌다.

  창작에 대한 박 여사의 갈증은 K와 더욱 가깝게 만들었다. 이곳저곳 크고 작은 문학행사는 물론, 창작을 위해서는 스케치를 해야 한다며 K와 함께 여기저기 쏘다녔다. 산과 들판과 바다와 하늘은 그들에게 너무나 좁게 느껴졌다. 박 여사가 무심코 던진 말 한마디에도 K는 그냥 넘어가는 법이 없었다. K는 박 여사에겐 타고난 시적 자질이 있다고 입이 마르도록 칭찬을 했다. 참시는 영혼의 깊은 심연에서 발현되기 때문에 박 여사야말로 영혼과의 대화를 나눌 수 있는 천부적 소질이 있다며 그녀를 부추겨 세웠다. 그럴 때마다, 그녀는 아~ 이제 시인이 되어가는구나 하는 가슴 뿌듯함이 느껴졌다.

  박 여사는 말이 되든 안 되든, 글이 되든 안 되든, 머릿속에 떠오르는 것들은 무엇이고 부지런히 적어나갔다. 심지어 봄날에 꾸기 쉬운 어수선한 꿈까지도 놓치지 않고 적었다. K의 주문이기도 했지만 그녀는 그런 것들이 영혼과의 대화일 것이라고 생각했다.

그렇게 박 여사가 쓴 작품(?)들은 매일 K에게 전해졌다. 그리고 K로부터 찬사를 들으면 온몸에 전율이 느껴졌다. 새 술은 새 부대에 담 듯, 새 시대에 새 시인이 있어야 한다며 그가 그녀의 눈을 바라볼 때는 울음이라도 터트리지 않고는 도저히 참을 수가 없을 정도로 흥분되었다. 기다려라! 상촌의 박은분이 대한민국을 깜짝 놀랠 킬 시인이 될 테니까….

그녀는 K와 헤어져 집에 들어올 때면 언제나 짜증이 났다. 박은분은 사라지고 다시 강가네 마누라로 돌아온 것만 같아서 속이 상했다. 박은분이라는 이름이 버젓이 있는데도 사람들은 그녀를 강가네 식솔 이상으로 인식하지 않았다. 시어머니가 살아 있을 때에는 강가네 며느리로 불러지다가 시어머니가 죽고 나서부터 사람들은 그녀를 강가네 마누라라고 불렀다.
강가네 라는 호칭 밑바탕에는 빈정거림과 업신여김이 깔려있다는 것을 박 여사는 시집을 와서 곧장 알게 되었다. 비록 가난 때문에 못 배우고 입을 덜기 위해 어린 나이에 시집을 오긴 했지만 살만큼 살면서도 동네사람들에게 멸시를 당하고 있는 시댁이 못내 원망스러웠다. 상촌에서는 아이들도 어른들을 따라 강가네가 앉은 자리는 풀도 안 난다는 말을 입에 달고 다녔다. 그렇게 한 번 사람들 입에 밴 말은 고쳐지지가 않는 모양이다. 읍내에 있는 모임이라는 모임의 후원회장은 모두 그녀의 남편이 맡아서 하는데도 '강가네, 강가네'하는 말은 여전했다. 그녀가 읍내노인정에 떡을 돌렸을 때에도 '강가네 마누라가 가져온 떡'으로 사람들에게 인식되는 것을 보고 그녀는 어떡해서든 '강가네, 강가네' 하는 호칭만큼은 꼭 떼어내고 말겠다는 결심을 했다. 지금은 자신이 별 볼일 없으니까 강가네 마누라, 강가네 마누라 하지만 만약 시인이 되는 날에는 아무도 그렇게 부르지는 않을 것이라는 생각이 들었다. 그런 생각을 할수록 박 여사에게 K는 인생을 바꾸어줄 스승처럼 소중했다. 강가네 마누라가 K와 보통 사이가 아니라는 소문이 읍내에 파다하게 퍼질 즈음에 그녀는 정말 시인이 되어 있었다.

K는 박 여사의 작품을 들고 계간지 '아침'을 찾아갔다. 당선소감까지 써가지고 출판사를 찾은 것은 전혀 이상할 것이 없었다. K와 출판사 주간 사이에는 이미 묵계가 되어 있었다. 적당한 거래는 정기간행물을 찍어 팔고 있는 영세한 출판업자에게는 필요악이었지만 그런 것을 가지고 도덕적으로 나무랄 정도로 우리나라 시단은 깨끗하지 못했다.

곧 계간지 '아침' 여름호에 박 여사의 시가 당선소감과 함께 신인상 코너에 실렸다. 영감에 의존했다는 박 여사의 작품에다 K가 다시 뒤틀기와 낯설기의 기법을 더해 아리송하게 만든 작품이었지만 심사평은 극찬에 가까웠다. 화사하게 웃고 있는 박 여사의 사진은 흑백으로 실려 있었다.

  자신의 작품이 실린 잡지를 받아 들고 박 여사는 사진에서 보다 더 크게 웃었고 K는 자신이 상촌에서 시인을 배출시켰노라며 거드름을 피웠다. 마음 같아서는 시장통에 '경축, 박은분시인 문단등단'이라 쓴 큼지막한 걸개를 내걸고 싶었다.
  그길로 그녀는 명함을 새겼다. '시인 박은분' 명함 하단에는 참미래시연구회 회원이라는 글자가 눈길을 끌었다. 그녀는 평소에는 잘 가지도 않던 양장점이며 미장원을 찾아가 만나는 사람마다 명함을 건넸다. 명함은 초면이고 구면이고 가리지 않았다. 마치 선거철에 명함을 건네는 후보처럼 그녀는 자신을 알리고 싶었다. 그녀는 자신이 시인이 되었다는 것을 알리는 것이 중요했다.
  그러나 얼마가지 않아서 그녀는 상촌에서의 관심끌기를 접었다. 큰물고기는 큰물에서 놀아야 한다며 K를 따라 서울 나들이가 많아지면서 상촌은 점점 그녀의 관심에서 멀어져 갔다.
  시인이 된 박 여사는 날개를 단 것과 같았다. 그 날개는 독수리날개처럼 힘이 있어서 서울이고 지방이고 할 것 없이 문학행사가 있는 곳이라면 어디건 찾아다녔다. 관대함인지 무관심인지 박 여사의 외출에 남편은 관심조차 없었다. 남편은 K가 그의 마누라를 맡아 관리해 줘서 고맙다고 인식하는 듯 했다.

  늦여름의 해는 길다. 6시가 가까웠는데도 해는 그림자를 남기지 않는다. 박 여사는 혜화역 2번 출구를 지나 혜화동로터리 쪽을 향해 천천히 발길을 옮긴다. 오른쪽으로 스타박스 간판이 눈에 들어온다. 스타박스의 문을 열고 들어서자 커피향이 후욱하고 밀려온다. 그녀는 순간적으로 코를 벌름거리며 커피향을 맡는다. 그것은 향수다. 향수 속에 사람들이 앉아있다. 사람들이 나누는 대화에도 향수가 묻어있다. 보이지 않는 커피의 향수가 그녀의 찰랑거리는 머리칼에도 재킷에도 뿌려진다. 구석자리에 앉으려다 말고 그녀는 향수를 헤집고 카운터로 다가간다. S를 묻는다. 혹시나 해서였는데 자신이 먼저 온 것이 다행스럽다.

  그녀에게 서울은 모든 것이 지성적으로 보인다. 사삭스러울 정도로 애교 있는 말씨며 옷차림새며 미소까지도 지성적으로 보인다. 박 여사는 라벨이 보이도록 루이비똥핸드백을 탁자 위에 올려놓는다. 아르바이트 명찰을 가슴에 단 단발머리가 힐끔힐끔 박 여사를 본다. 박 여사는 전혀 기분이 나쁘지 않다. 내가 시인인 것을 알면 저 눈빛은 금방 존경과 선망의 눈빛으로 바뀔 텐데…, 재즈가 흘러나온다. 탁자 밑에서 들썩거리는 박 여사의 발

리듬은 엇박자다. 들어온 지 10분밖에 되지 않았는데 단발머리가 다가와 주문하라며 독촉한다. 그녀는 벽에 걸린 붉은 아크릴 메뉴판을 본다. 커피종류가 너무 많다는 것, 그 많은 것 중에 아는 것이 하나도 없다. 그녀는 처음으로 지성이 어렵다는 생각을 한다.

포마드를 듬뿍 발라 머리를 뒤로 빗질해 넘긴 사내가 박 여사를 향해 걸어온다. 첫눈에 S라는 것을 알 수 있다. 그가 입은 잠바가 덥게 보인다. 잠바를 입기에는 때 이른 아직은 여름, S는 이미 박 여사를 알고 있다는 듯 전혀 머뭇거림이 없이 성큼성큼 그녀에게로 왔다. 박 여사는 엉거주춤 일어난 자세로 가볍게 목례를 한다. S가 자리에 앉자 어느 틈에 단발머리가 다가왔다. 박 여사는 그를 따라 에스페로소 커피를 주문한다.

박 여사는 루이비똥핸드백에서 명함을 꺼내 정중하게 그의 앞으로 내민다. 명함을 받은 그가 흐음~ 하며 짧게 웃었지만 코웃음은 아니다. 그가 커피를 마시다말고 미간을 찡그린다. 뜨거운 커피 때문일 것이라고 박 여사는 생각한다. 그가 K의 안부를 묻고 상촌에 한 번 내려가겠노라고 한다. 그리고 박 여사의 반응을 살핀다. 물론 박 여사는 반색을 한다. 그가 시계를 본다. 저녁을 먹으면서 이야기를 하자는 싸인이다. 커피숍은 재즈소리와 사람들의 대화가 뒤엉켜 깊은 대화를 나누기엔 부적절하다. 박 여사가 핸드백을 들자 기다렸다는 듯 그가 일어선다. 그가 앞서 걸어 나간다. 신발 뒤축이 한쪽으로 많이 달아서인지 그의 걸음걸이가 약간 뒤뚱거리게 보인다.

  삼겹살에 소주나 하자며 그가 먼저 말한다. 삼겹살이라니 상촌에서도 흔해 빠진 것이 삼겹살인데…, 그녀가 주저하는 눈치를 보이자 그럼 간단하게 갈비탕이나 한 그릇 먹자고 한다. 참으로 눈치 없는 양반이다. 박 여사는 어쩜 그가 일부러 자신을 떠보는 것이리라 생각한다. 이번에는 박 여사가 주도권을 가지고 밀라노는 어떠냐고 묻는다. 밀라노라니요? 하며 그가 박 여사를 본다. 아 죄송해요. 이태리식당 말이에요. 박 여사가 황급하게 대답을 한다. 밀라노는 가톨릭 의대 우측으로 난 골목에 있는 이태리 요리를 하는 식당이름이다. 밀라노라, 밀라노라… 내키지 않은 모양이다. 그럼 왕비성은 어떠냐고 박 여사가 다시 다급하게 묻는다. 이번에는 설명을 하지 않아도 S는 왕비성이 중화요리를 하는 중식당이라는 것을 알고 있다. 그의 답을 듣기도 전에 삼겹살집 앞, 그가 멈춰 박 여사를 바라본다. 박 여사가 웃어보이자 그가 삼겹살집 문을 열고 들어선다.

  박 여사는 S가 자신을 떠보려는 것이 아니란 걸 알자 허망한 생각이 든다. 두 주전에 미리 밀라노와 왕비성을 다녀간 그녀는 그간 한 번도 들어보지 못한 메뉴를 외우느라 얼마나 고생을 했던가. S가 스파게티를 시킬 것에 대비해서 마늘이 많이 들어간 갈릭 포모도로 스파게티며 요리를 먹기 전에 먹는다는 에피타이저의 이태리식 이름들을 외워놓느라 고생한 것은 물론 상어지느러미로 만든 샥스핀의 이름들을 고생해서 외워두었는데 말짱 소용이 없게 되었다는 생각을 한다.

  S는 벌써 소주를 두 병째 주문을 한다. 그가 불판 위의 삼겹살로 젓가락이 가면서 그녀에게 말을 한다. 이번 유럽여행은 한국 시단을 좌지우지하는 분들이 간다는 것을 알고 있지요? 한다. S는 고기를 씹으면서 박 여사께서 그분들과 이번 여행을 하고 나면 전국적인 시인이 될 것이라고 한다. 지원자가 너무 많아서 박 여사가 낄 수 있을는지… 모른다고도 안다고도 않는다. K와는 절친한 사이인데 K의 얼굴을 봐서라도… 힘써보겠다는 건지, 아닌지 뒷말이 흐릿하다. 뭐 시인이 되었으니 자격은… 된다는 건지, 아직은 부족하다는 건지 확실치가 않다. 경비가 많이 들 건데… 돈이 준비되었냐고 묻는 건지, 걱정을 해주는 소리인지 정확치가 않다. 그는 술잔을 들면서 자꾸만 박 여사의 루이비똥핸드백을 힐끔거리며 훔쳐본다. 아참, 내 정신 좀 봐, 박 여사는 서둘러서 핸드백에서 봉투를 꺼낸다. 그리고 상품권과 함께 봉투를 그에게 내민다. 불판 위의 남은 삼겹살은 기름기가 없이 빼둑

삐둑해 뵌다. 그는 젓가락을 놓고 봉투와 상품권을 받아 재킷 안쪽 호주머니에 넣는다. 그가 처음으로 호탕하게 웃는다. 취기 때문만은 아닌 것 같다. 지원자가 많기는 해도 낄 수 있게 해주겠다고 한다. K의 얼굴을 봐서 확실하게 힘써 보겠다고 한다. 알아주지 않는 잡지이긴 하지만 박 여사도 시인이기 때문에 자격은 충분하다고 한다. 그 말을 듣고 있던 박 여사는 마치 다짐이라도 받으려는 듯 진지한 표정을 지어본다. 그리고 자신의 어금니를 꼭 깨물면서 속으로 외쳐 본다. 됐어! 이젠 됐어! 이제 시인 박은 분이 버젓이 시인자격으로 유럽문학기행의 일원이 되는 거야!

그녀에게 오늘 내려가야 되지 않겠느냐며 그가 일어선다. 박 여사는 그를 따라 일어서면서 자상하면서도 믿음직한 분이라는 생각을 한다. 빨리 내려가서 K에게 오늘 있었던 일을 말해야겠다는 조바심이 생긴다.

S는 아직 취기가 가시지 않았다. 그는 약국에 들러 진통제와 신경안정제를 산다. 아마 의사의 처방전이 필요 없는 약품인 듯 안경을 코끝에 걸친 약사는 무표정하게 그에게 약을 건넨다. 그리고 슈퍼에 들러 소주와 오징어 그리고 아내에게 줄 요플레 몇 개를 종이 봉다리에 넣는다. 그는 기분이 좋은지 콧노래를 부르지만 술 때문이지 헛바퀴를 도는 레코드판처럼 같은 소절만 반

복해서 흥얼거린다. 그의 집은 언덕길을 거의 올라선 팔부 능선에 있다. 그가 골목 시멘트 담장에 붙어있는 녹이 슨 철대문을 밀고 들어서자 마당이라고는 없는 곧장 처마가 나타난다. 처마 밑으로 창문이 나있다. 창문에는 비닐이 쳐져있다. 창의 모양으로 봐서 원래 유리창이 있었나 보다.

그가 문을 열자 습한 냄새가 기다렸다는 듯 확 뿜어져 나온다. 부엌이다. 방은 부엌을 통해 들어간다. 방은 더 습하다. 방에 들어선 S가 불을 켜려다가 그만 둔다. 가로등 불빛이 비닐 창문을 통해 어렴풋하게 방안에 떨어지고 있다. 아내는 오늘도 안수기도를 받으러 갔나 보다. 병원에서는 너무 늦었다고 하지만 생을 포기하기에 아내는 너무 젊고 예쁘다. 오랫동안을 가슴통증을 앓으면서도 한사코 병원 가기를 싫어했는데 결국 유방암 말기라는 의사의 진단을 받고는 밤새껏 우는 아내 옆에서 S는 가난이란 가장 큰 죄악이라고 생각했다. 아내를 위해서 그가 할 수 있는 일이란 진통제와 신경안정제를 사 나르는 일 외에 그녀를 위해 해 줄 것이 없었다. 안수기도가 고통을 덜어주는 것은 아니었지만 죽음을 현실로 받아들이는 듯 아내는 점점 담담해졌다.

아내의 브라자가 경대 밑에 떨어져 있다. 수술을 받아 없어진 가슴 때문에 브라자를 할 수 없는 데도 아내는 거울 앞에서 자주 브라자를 가슴에 대 보곤 했다.

에이 골빈 년들… 같잖은 시를 발표하려고 돈 싸들고 잡지사나 기웃거리는 속물들… 배때기에 기름이 차니까 뭐? 시인? 에라 똥물에 튀길 년들… S는 방안에 주저앉아 소주를 병채로 나발을 분다. 아내의 브라자를 바라보고 있는 그의 눈에는 이슬 같은 눈물이 고여 있다.

S와 헤어져 서울역에서 KTX를 탄 박 여사는 여전히 들떠있다. 그녀는 핸드백에서 '유럽문학기행 참가희망자 모집' 팸플릿을 꺼내 다시 본다. 이제 세계적인 시인들이 활동했던 무대에 뛰어드는 거야, 괴테, 헤세, 보들레르가 호흡했던 땅의 공기를 마시면서 그들의 유적지를 돌아보면 영혼이 맑게 깰 거야. 박 여사는 S가 한 말을 곱씹어 본다. 갑자기 눈앞이 확 트이는 황홀한 기분이 든다.

그녀의 눈에는 승객들이 모두 행복해 보인다. 모두가 어디서 많이 본 듯한, 금방이라도 그들이 다가와 축하한다며 인사라도 할 것 같은, 그녀는 박은분 시인님! 유럽문학기행 잘 다녀오세요! 하는 환청을 듣고 있기라도 하는 듯 기분이 좋았다. 그러고 보니 S가 꼬박꼬박 자신을 박 여사로 불러주었던 생각이 난다. 강가네 마누라가 아닌 박 여사, 이제 비로소 자신의 격에 맞는 호칭을 찾은 것이라는 생각이 든다.

어둠 속으로 기차는 질주하고 간간히 차창으로 농가의 불빛이 띄엄띄엄 보인다. 그것들은 별빛이 되었다가 별똥별이 되어 박 여사를 스쳐지나간다.

휴대전화 벨이 울린다. K? 그녀는 반갑게 홀더를 연다. 남편에게서 온 전화다. 그녀는 시무룩한 표정이 된다. 그녀가 홀더를 닫는다. 이봐요. 나 강가네 마누라가 아닌 박은분 시인이란 말예요. 이젠 상촌의 박은분이 아니라 한국을 대표하는 여류시인이란 말예요. 시인들이 몰락할 때 미래에 살아남을 참시를 쓰는 박은분 시인! 아세요? 당신 정말 아세요? 그녀의 속마음이 입술을 타고 밖으로 터져나온다. 옆 자리에 앉은 사내가 흠칫 놀라며 그녀를 본다.

상촌이 가까워지는데도 그녀는 상촌으로 간다는 생각을 하지 않는다. 짙은 어둠으로 인해 창은 거울처럼 맑다. 그 거울에는 남편도, K도, S도 보이지 않고 자신의 모습만 보인다. 그녀는 아이처럼 창에 입을 가까이 대고 호호 입김을 분 다음에 손가락으로 '박은분 시인 만세!' 라고 쓴다.

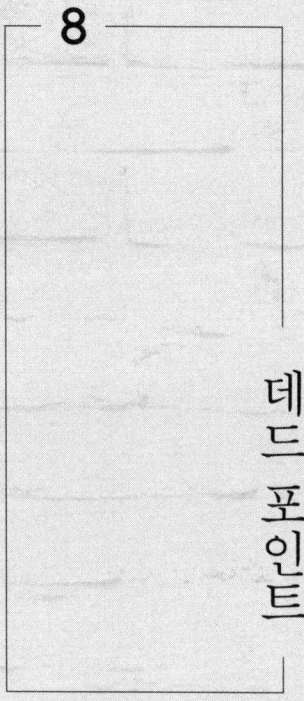

8

데드 포인트

8

　굳이 중독이랄 것은 없습니다. 당신도 알다시피 몇 차례 마라톤을 참가한 후 무릎관절에 이상이 온 뒤로는 달리기를 포기 했었으니까요. 그러나 이번 울트라마라톤에 참가하게 된 데는 그럴만한 이유가 있습니다. 그것도 마라톤 풀코스의 두 배가 넘는 거리를 달려야 하는 울트라마라톤 참가를 결심하기까지는 필연적인 이유가 있지 않고서는 당신께 다시는 달리지 않겠다던 약속을 번복할 까닭이 없습니다.
　나는 지난 1년간을 실의에 빠져 우울증과 싸워야 했습니다. 우울증과 싸웠다는 표현은 적절하지가 않군요. 우울증 증세에 시달렸다고 하는 표현이 옳을 것 같습니다. 우울증은 당신이 갑자기 사라진 후 찾아왔던 것 같습니다. 당신이 떠난 후, 나는 아무 것도 할 수 없는 무력감에 빠졌으니까요. 솔직히 나는 삶을 스스로 정리하고 싶은 위기감을 느끼기까지 했습니다.

  나는 그 칙칙한 어둠으로 부터 어떻게든 빠져나오려고 지푸라기라도 잡고 싶은 심정이었습니다. 여기까지 말하면 당신은 머리가 좋은 여자니까 내가 울트라마라톤을 뛰게 된 이유를 간파했으리라 생각됩니다. 정말 더 이상 절망의 나락으로 떨어져서는 안 된다는 다급함이 100km 거리를 뛰어야 하는 울트라마라톤으로 나를 밀어 넣었습니다.

  다행히 이번 코스는 당신과 자주 드라이브를 즐기던 곳이기 때문에 중간에 길을 잃어버릴 염려는 전혀 없습니다. 조금 허풍스럽게 말하면 눈을 감고서도 갈림길은 물론 오르막길과 내리막길, 쉬어가야 할 곳을 훤히 알 수 있을 정도로 낯익은 길이니까요.

  당신은 한 번도 우리 집을 와 본적이 없기 때문에 설명이 필요할 것 같군요. 창고는 아내의 방과 나란히 붙어 있습니다. 내가 짐을 꾸리느라 창고에서 소란을 피우는데도 아내는 잠이 들었는지 전혀 기척이 없습니다. 어쩜 아내는 잠이 든 척하고 있는지도 모르겠습니다. 평소에도 나와 아내는 서로 개인적인 일에 관해서는 프라이버시를 침해하는 일이 없습니다. 이런 아내의 무던한 성격은 나의 우울중에 조차 관심을 보이지 않았답니다. 나는 그런 아내를 알기 때문에 아내의 잠을 깨우지 않으려고 조심을 떨 필요는 전혀 없습니다.

나는 물통과 헤드랜턴을 챙기고 일회용 비닐우의를 찾아 배낭에 넣었습니다. 무릎 보호대를 허벅지까지 올려 무릎에 끼우고 만약을 위해 압박붕대를 챙기는 것도 잊지 않았습니다. 마지막으로 냉장고에 보관해 두었던 미숫가루와 파워젤 그리고 심장약과 진통제를 찾아 벨트수납에 넣었습니다.

그리고 현관문을 열고 밖으로 나온 뒤에는 마치 먼 길을 떠나는 사람처럼 집을 한번 돌아봤을 뿐, 혼불처럼 조용히 빠져나와 자동차에 시동을 걸었습니다. 아내가 잠든 집은 어둠속으로 멀어져갔습니다.

출발지에 도착하자 먼저 온 마라토너들이 잔디광장에 삼삼오오 모여앉아 작전을 숙의하고 있습니다. 여기저기 가스등을 밝힌 포장마차가 보입니다. 포장마차에서는 따끈한 어묵국물이 끓고 있습니다. 출발지는 마침 열리고 있는 물사랑축제로 인해 사뭇 흥겨운 분위기입니다. 마라토너들의 무사완주를 기원하는 가족이나 친구 또는 연인으로 보이는 사람들이 여기저기 보입니다.

수소를 넣어 공중에 띄운 대형애드벌룬에 매달린 걸개가 이불 홑청을 뒤집어 쓴 차일 귀신처럼 어둠속에서 흐느적거립니다. 걸개에는「대청댐 물 사랑 울트라마톤」이라는 글씨가 달빛에 선명하게 보입니다. 오늘이 보름이 이틀 지난 음력 열 이래라서 그런지 달빛이 무척 밝습니다. 달빛 아래 낯익은 얼굴들이 반갑게 인사를 나누기도 하고 손을 맞잡고 친근감을 표하기도 합니다. 그러나 대다수의 마라토너들은 출발지인 잔디광장에서 간단히 몸을 풀거나 꼭 챙겨야 할 소지품이 혹 빠지지는 않았는지 배낭을 확인하고 있습니다. 그들은 기필코 완주를 하고 말겠다는 결의가 역력해 보입니다.

  울트라마톤에 참가한 사람들은 42.195km의 마라톤으로는 직성이 차지 않는, 어떻게 보면 달리기에 중독 증세를 보이는 사람들입니다. 이들에게는 먼 길을 달릴 수 있는 체력 외에도 지구력과 중도에 포기하지 않고 기어이 해내고 말겠다는 오기가 필요하지요.

  100km 정도의 장거리를 달리려는 사람들은 어떻든 인간의 한계에 도전하고 싶은, 보통사람들과는 다른 취향의 사람들이라고 할까요? 완주를 하게 되면 해냈다는 성취감이 더욱 중독성을 갖게 만들지요.

  아름드리 느티나무 잎사귀들이 어둠을 무겁게 이고 늦가을의 가쁜 숨을 쉬고 있습니다. 출발선을 비추고 있는 서치라이트에 느티나무의 실루엣이 아름답습니다.

이제 마라토너들은 저마다 출발선에서 포즈를 잡고 있으며 환송을 나온 사람들은 사진기 셔터를 누르면서 환호성을 질러댑니다.

나는 280이라는 고딕체의 붉은 글씨가 써진 배번을 받았습니다. 그리고 가슴과 배낭에 부착했습니다.

출발시각은 저녁 7시입니다. 일단 출발을 하면 100km를 달려 15시간 안으로 출발했던 이 자리로 돌아와야 한답니다. 마라톤이 회귀성이라는 속성을 지녔다는데서 자신이 부화된 곳으로 돌아오는 회귀본능을 가진 연어와 아주 닮았다고 할까요?

연어! 맞는 비유네요. 나는 280이라는 코드번호가 입력된 한 마리의 연어가 되어 연약한 지느러미를 흔들며 대양을 향해 나가야 한답니다. 이제부터 나는 280번으로 불러지게 됩니다. 280번이라는 숫자가 나의 존재를 입증하는 유일한 표식인 셈이지요.

출발시각이 가까워질수록 초조해집니다. 모두 집으로 돌아와 안식을 취하는 시각에 밤새도록 뛰어야 하는 울트라마라톤은 스스로를 고립시키는 유별난 스포츠임에 틀림이 없습니다.

마라톤은 출발점과 도착점이 정해져 있다는 것이 다행스럽습니다. 그것은 진행을 스스로 조절할 수 있다는 점에서 재미가 있다고 할까요? 그러나 초조함을 갖게 되는 것은 어쩔 수 없는 일인 것 같습니다.

당신은 지금 어디 있습니까? 당신이 맞이하는 아침이 하루의 출발점을 의미한다면 내게 아침은 마라톤의 정수리에 매김 질하게 될 것이라는 말을 하고 싶습니다.

출발신호가 떨어졌습니다.

연어 떼가 연상되는 풍경입니다. 300여 명의 마라토너들이 일제히 지느러미를 파닥거리며 어둠속으로 곧게 뻗어 있는 길을 따라 미끄러지듯이 나아갑니다.

댐 바로 아래에 있는 대청교를 건너면 곧장 가파른 산길로 들어서게 됩니다. 많은 마라토너들이 뛰지 않고 잰걸음으로 산길을 걸어 오르고 있습니다. 상식적으로 초반에 역주하게 되면 쉽게 피로가 쌓이게 된다는 것은 알고 있지요. 특히 출발부터 나타난 오르막길은 몸을 푸는 정도로 가볍게 올라야 합니다.

주최 측이 미리 나누워 준 코스의 고저도가 아니어도 나는 머릿속에 코스의 고저를 계산하고 있습니다. 오늘 울트라마라톤 코스의 특징은 몇 개의 산을 넘어야 하는 험난한 코스라고 할까요?

무리한 훈련 때문에 무릎관절에 이상이 생겼다는 것을 당신께 말한 적이 있지요. 아무래도 초반에는 무릎관절을 살살 달랠 필요가 있을 것 같습니다. 어느 정도 적응력이 생긴 다음에 비교적 완만한 평지에서 속도를 높일 생각입니다. 그렇다고 시간을 줄이기 위해 내리막길을 뛰게 되면 더욱 위험스럽지요. 당신께 걱정하지 말라는 말은 하고 싶지 않습니다. 오히려 당신이 걱정을 해 준다면 행복할 것 같습니다.

너무 천천히 걸었나요? 후미그룹이 바짝 뒤에 와 붙는군요. 모자를 깊게 눌러쓴 사내가 대열에서 빠져나와 잰걸음으로 걷는 나와 발을 맞추며 말을 붙입니다. 모자는 강원도 삼척에서 왔다며 내가 묻지도 않았는데도 자신을 소개합니다. 참 붙임성이 있어 보이는 사람입니다. 내가 이 고장에 살고 있다고 했더니 그럼 코스를 잘 알겠다며 넌지시 동행을 했으면 하는 눈치입니다. 장거리를 달리려면 심심할 건데 잘 되었다고 당신은 생각할지 모르지만 그렇지 않답니다. 웬만큼 울트라마라톤을 뛰어 본 사람이라면 함께 뛰는 동반주가 좋은 점보다는 불편한 점이 더 많다는 것쯤은 알고 있으니까요. 나는 그런 제안을 해오는 그가 초보임을 한눈에 알아차렸답니다.

생각해 보세요. 동반주同伴走는 대화를 나누다 보면 신체에너지의 소비가 많아지고, 쉬고 싶을 때 쉬지 못하게 되거나, 체력이 떨어지면 도중도중 배를 채워야 하는데 혼자 먹기가 불편한 경우가 생기게 되지요. 그렇다고 인심 좋게 나누어 먹게 되면 결국 도중에 마라톤을 포기해야 하는 불상사가 생기게 된답니다.

꼭 그런 이유 때문만은 아니랍니다. 무엇보다 내가 동반주를 거절한 이유는 달리면서 당신과 있었던 지난 시간들을 반추해 보고 싶기 때문입니다.

그래서 나는 무릎이 시원찮아서 완주하기가 어려울 것 같다는 말로 모자를 따돌렸습니다. 마침 내리막길이 나타나자 모자는 손을 흔들어 보이며 보기 좋게 속도를 내며 나를 앞질러나갔습니다.

255m의 문의교 양 옆에 고장 특산물을 선전하는 깃발들이 강바람에 휘날리고 있습니다. 얼마가지 않아 호반에 아름다운 찻집이 나타났습니다. 당신이 거기에서 '호수의 눈'을 봤다는 그 찻집 말입니다.

좌측으로는 문의문화재단지가 보입니다. 원래 수몰마을을 복원해 놓은 곳인데 문의는 브리태니커사전에도 올라 있을 만큼 유래가 깊은 동네라는 것쯤은 알고 있습니다.

당신과 한 번 가봤던 두루봉동굴은 세계에서 가장 오래된 볍씨가 발견된 구석기 인류문명의 유적지이지요.

이제 막 미천교를 지나 청남대 쪽으로 난 우측 길로 접어들었습니다. 호수의 바람이 갈대숲을 우시우시 흔들어대고 있습니다. 나는 달리면서 호수를 봅니다. 호수에 대각선으로 누운 달빛이 달리는 나를 따라오고 있습니다. 갈대숲 너머 호수 위는 달빛 윤슬이 보석처럼 반짝거립니다. 나는 달리는 것을 잠시 멈추고 갈대숲이 끝나는 강기슭을 바라보았습니다.

그 강기슭은 나에게 사랑의 출발지이기도 한 곳이지요.

진눈개비가 내리던 그 겨울, 당신은 그 강기슭에 다소곳이 앉아서 물속을 물끄러미 보고 있었지요. 당신은 오버 깃에 고개를 묻고 있어서 마치 얼굴이 물속을 향해 있는 듯했지만 당신은 멀리 호수를 바라보고 있었습니다. 내 기억으로 당신은 사흘째 같은 자리에 망부석처럼 앉아 있었지요. 그렇게 한나절을 보내다가 오후가 되면 일어나 버스정류장 쪽을 향해 걸어갔었습니다.

그 겨울에 당신이 그곳에 얼마나 자주 갔었는지, 나는 추위로 호수가 얼어붙어 있었기 때문에 더 이상 낚시를 가지 않아서 모릅니다.

그때, 강기슭에 앉아있던 당신은 나에게는 강가의 느티나무나 다름없는, 한낱 정물화와도 같은 하찮은 존재로 인식되었으니까요. 정말 당신의 존재에 대해 하등에 기억할 이유가 없었습니다.

내가 그곳을 다시 찾았을 때는 연초록 빛깔의 나무들이 젖몸살을 앓고 있던 초봄이었습니다. 나는 산그늘을 등지고 앉아 낚시좌대를 폈습니다. 호수에 비친 산의 모습도 봄기운이 완연해 보였습니다.

"뭐가 잡히나요?"

등 뒤에서 들리는 음성에 내가 반사적으로 뒤돌아봤을 때, 당신은 나를 향해 수줍게 웃음을 날리고 있었습니다. 나는 당신의 해맑은 미소에 감전이라도 된 듯 한참을 멍하니 당신을 바라봤었습니다. 정말 무슨 말을 해야 할지 갑자기 생각이 나지 않았습니다. 나는 당신의 다음 말을 기다리는 사람이 되어 당신을 바라봤었습니다.

당신은 금방이라도 '깊은 곳에 그물을 던져라!'하는 갈릴리의 처방을 내뱉을 것 같은… 당당해 보였습니다. 그때 당신이 내게 뭐가 잡이냐고 묻던 첫 마디가 한 동안 내 마음에서 방울소리를 내며 굴러 다녔답니다. 잘은 기억나지 않지만 아직은… 온지가 얼마 안 되어서… 라는 궁색하기 짝이 없는 내 대답이 내가 당신께 던진 첫 번째 말인 듯합니다.

지금 생각해 보면 다른 낚시꾼이라고 없는 한적한 곳에서 당신을 만나게 된 것은 예사로운 일이 아니었습니다.

당신은 잠시 머뭇거리더니 내 옆에 쭈그리고 앉아서 호수를 바라봤습니다. 그리고는 혼잣말처럼 내게 말을 했었답니다.

"잘 하면 기와집도 건져 올릴 수 있을 거예요. 아니면 우물이나 감나무나 돌담같이 묵직한 것이 낚싯바늘에 걸려 나올지 몰라요."

당신의 말이 무슨 주문처럼 들렸답니다. 나는 낚싯바늘에 미끼를 끼우는 척 하면서 당신의 얼굴을 살폈답니다. 가지런한 눈썹과 오뚝한 콧대, 갸름한 얼굴이 첫눈에 대단한 미인이라는 생각이 들었습니다.

문득 지난겨울에 강기슭에 앉아있던 여자가 바로 당신이었구나 하는 생각이 들었습니다. 그러자 당신께 알 수 없는 친근감이 느껴졌답니다.

당신은 내가 내민 소주잔을 받아 마셨지요. 몇 잔의 술기운으로 당신의 몸을 따뜻하게 만들기에는 아직은 꽃샘추위였지요.

"어디…사시나요?"

"…."

"여기 자주 오시는 것 같은데…."

"이 아래, 물밑이 제가 태어나고 자란 고향이거든요… 어릴 때 살던 곳이 그리우면 가끔씩 이곳에 오곤 해요… 북녘에 고향을 둔 사람은 통일이 되면 고향을 밟아볼 수 있지만 수몰민들은 영원히 제 살던 곳에 갈수가 없잖아요… 고향을 별들에게 내어 준 거지요…."

나는 당신의 말을 듣고서야 당신이 지난 겨울에 강기슭에 앉아 있었던 까닭을 짐작할 수 있었습니다.

당신의 말을 듣고 있자니 물고기나 잡으려고 앉아있는 내 모습이 그만 부끄럽고 민망했었답니다.

　당신은 그 뒤로도 몇 번은 그곳에 나와 나를 만나 주었습니다. 언젠가는 내 대신 버너에 불을 붙이고 손수 라면을 끓여서 둘이서 먹었던 적이 있었지요. 당신은 냄비뚜껑에 라면을 올려 후후 불면서 먹었습니다. 라면이 매웠던지 당신의 콧등에 이슬 같은 땀방울이 맺혀 있었답니다. 그때 당신의 입술은 온통 붉은 색을 띠었는데 그 입술을 보면서 괜히 나는 부끄러워졌답니다. 왜냐고요? 당신이 입술은 섹시하다 못해 입술이 움직일 때 마다 불순한 생각이 들었기 때문입니다.

　당신은 외롭거나 생활이 고단할 때는 언제나 그곳에 찾아오곤 한다고 말했었지요. 때론 밤 깊어 찾아오면 호수에는 무수한 별들이 새끼를 치면서 살고 있더라고 말하면서 쓸쓸해하던 당신의 모습이 기억납니다. 당신은 별들에게 고향을 내어 준 것이라며 실향의 아픔을 스스로 달랬었는데 그런 당신을 보면서 걷잡을 수 없는 연민을…당신은 이해할 수 있었을까요? 그리고 당신과의 만남은 피할 수 없는 운명이라는 것을 생각을 했습니다.

　갈대숲이 시야에서 멀어지고 있습니다. 앞서 달리는 사람의 재킷에 새겨진 야광선이 달빛에 혼불처럼 흔들거립니다. 나는 뛰면서 별들을 찾아보려고 밤하늘을 우러러 봤습니다. 막 보름을 지나 수줍게 일그러진 밝은 달이 나를 따라오고 있습니다.

갈림길에 진행요원이 붉은 유도등으로 좌측의 언덕길을 가리키고 있습니다. 곧장 직진하면 청남대로 가는 방향이라는 것을 나는 알고 있습니다만 대다수가 초행인 마라토너들에게 진행요원의 안내가 없다면 염티재로 가는 산길을 놓치기기 십상일 것입니다.

염티산 능선을 따라 난 산길을 오르면서 뒤를 돌아다 봤습니다. 이제 더 이상 달빛에 요요한 모습의 호수는 보이지 않습니다. 언덕길을 따라 올라오는 헤드랜턴 불빛들이 가물가물 흔들거리는 것으로 봐서 아직 많은 마라토너들이 내 뒤에 있다는 것을 알 수 있습니다.

벨트수납에서 이어폰을 꺼내 귀에 꽂았습니다. FM라디오에서 노래가 흘러나옵니다. '총 맞은 것처럼'이라는 가사가 여러 번 반복해서 흘러나옵니다. '심장이 멈춰도 이렇게 아플 것 같진 않다'로 이어지다가 '어떻게 좀 해 줘, 나 좀 치료해 줘, 이러다 내 가슴 다 망가져…'에서 애절하다 못해 사뭇 애원하는 듯 한 가수의 목소리가 자극적입니다. 이내 노래가 끝나기도 전에 아나운서의 멘트가 성급하게 나옵니다.

'진숙씨는 실연을 안 당해 보셨어요? 갑자기 실연당하면 정말 총 맞은 것 같은 기분이 들겠죠?' 여자 아나운서의 이름이 진숙

데드 포인트

인가 봅니다.

'헤어질 것 같으면 처음부터 만나지를 말아야지, 일방적으로 헤어지자고 하는 것은 상대의 심장을 향해 총을 겨누는 것과 같을 거예요.' 남자의 말에 여자가 받아 대답을 합니다.

계속해서 방송은 남녀의 시시콜콜한 이야기 사이사이로 잠깐씩 노래를 흘려 보냅니다. 대부분의 노래들은 사랑타령이거나 이별과 관련된 것들입니다. 나는 그런 노랫말이 싫어서 이어폰을 다시 벨트수납에 집어넣었습니다.

20.5km지점, 해발 290m의 염티재에 도착했습니다. 발소리에 놀라 선잠을 깬 새 한마리가 후두둑, 어둠 속을 향해 급히 비상합니다. 당신도 기억이 날 겁니다. 어부동으로 가려다 그만 길을 잘못 들어 염티재를 넘게 되었던 일 말입니다. 먹장구름이 잔뜩 낀 칠흑 같은 밤길을 더듬다시피 가던 능선길이 얼마나 멀게 느껴졌던가요. 이번 마라톤코스는 그때와는 반대로 청원 쪽에서 보은 쪽으로 넘어가는 길이랍니다.

당신께 염티재에 관해 설명을 못했군요. 재가 길고 가팔라서 옛날에는 소금장수도 이 고개를 넘어가기 싫어했다더군요. 아랫골 사람들이 소금이 떨어지면 소금장수 염서방을 눈이 빠지게 기다리느라 고갯마루를 바라봤다고 해서 염티재라고 했다는 군요.

지금까지는 완만한 능선을 따라 난 길을 올라왔지만 이 고개에서 회인 쪽으로 난 내리막길은 경사가 심해서 자칫 부상을 입기 쉬운 코스랍니다.

염티재 마루에 잠시 쉬어가야겠습니다. 나는 배낭에서 칼로리가 높은 파워젤을 꺼내 먹으며 신발 끈을 단단하게 고쳐 맸습니다.

신발과 발이 약간만 간극이 생겨도 비탈길을 내려갈 때는 몸의 중심이 발가락 쪽으로 쏠리기 때문에 자칫 발가락에 물집이 생겨 고생을 하게 된답니다. 사실 발바닥만 튼튼하다면 아프리카의 아베베처럼 맨발로 뛰는 것이 가장 좋겠지만요. 장거리를 완주하기 위해서는 아주 작은 일에도 신경을 써야 한답니다.

이제 염티재에서 동쪽 호반 쪽으로 향하는 갈지자 형태의 내리막길 급경사 코스를 내려가고 있습니다.

우측 골짜기 사이로 귀틀집이 보입니다. 당신이 하루 밤을 보내고 싶다던 그 귀틀집 말입니다. 며칠 전에는 길가에 차를 세워놓고 귀틀집을 자세히 살펴봤습니다. 마침 햇살이 귀틀집에 내려 쬐고 있었기 때문에 선명하게 볼 수가 있었답니다. 방문이 열려 있었다면 방안까지도 들어다 볼 수 있을 정도로 햇볕이 밝았습니다. 흙벽을 치고 그 위에 올린 갈참나무피죽 지붕이 정말 아름

답게 보였습니다. 처마 밑에는 빼곡하게 겨울 한철을 날 정도의 장작더미가 쌓여있습니다. 귀틀집 옆으로는 아무렇게 놓여있는 옹기들이 보였습니다.

지금 그 귀틀집을 바라보며 달리고 있습니다. 귀틀집은 달빛 아래 무척 고즈넉해 보입니다. 당신이 내게 겨울이 깊어지면 저 귀틀집에 몸을 담그고 하룻밤 지냈으면 좋겠다고 말했던 그때는 함박눈이 내리고 있었지요. 나는 당신을 위해 잠시 귀틀집이 잘 보이는 길가에 차를 세우고 눈발 사이로 흩어지는 귀틀집의 풍경을 한동안 바라봤지요. 당신은 내 어깨에 머리를 기댄 채로….

그 집을 볼 때마다 나는 펄펄 끓는 온돌방에 당신과 누워 볼 욕심을 가졌답니다. 그리고 겨울이 지나갔습니다.

그렇게 귀틀집에 대한 잔잔한 환상을 떨쳐버리지 못한 채 오늘에 이르렀습니다. 그러나 당신이 떠나간 후로 환상의 부질없음을 깨달았습니다.

내리막길을 내려오자 첫 번째 체크 포인트가 있는 삼거리에 당도했습니다. 노란색 조끼를 입은 진행요원들이 따뜻한 커피를 건네주며 몸에 이상이 없는지 물어옵니다. 코스는 왼편 회인 쪽을 향해 있습니다. 시계를 봤습니다. 손목야광시계가 11시 5분를 지나고 있습니다. 출발한지 4시간쯤에 30km지점을 통과하고 있기 때문에 이변이 없는 한 15시간 내로 주파할 수 있을 것 같습니다. 사실 내가 염려하고 있는 것은 무릎관절이 아니랍니다. 당신도 알다시피 급작스럽게 발작하는 가슴통증이 염려가 되는군요.

처음 협심증이라는 진단을 받았을 때, 의사는 심장에 무리가 간다며 달리기를 그만 둬야 된다고 했지요. 몇 번인가 급작스런 가슴통증에 힘들어 할 때 당신은 우황청심환을 사다 주기도 하였지요. 걱정하는 당신에게 다시는 마라톤을 하지 않겠다고 약속했던 기억이 납니다. 그 후로 상태가 점점 악화되어 심장이 언제 멎을지 모른다며 조심하라는 의사의 말을 끝으로 나는 병원을 가지 않았답니다.

언제부터인가 당신은 사후세계에 대해 이야기를 자주 했었지요. 현생의 인연 중에 가장 나쁜 악연이 있다면 사랑하는 것이라고 했던가요? 사랑이야 말로 생에 대한 미련을 갖게 하는 치사스런 감정이라고 말할 때 나는 당신의 눈망울에 가득 고인 눈물을 보았습니다.

당신이 실종된 후로 어떤 사람들은 당신이 멀리 인도로 갔을 거라고도 하고, 또는 깊은 산속 암자 같은 곳에 기거하고 있을 것이라고 말합니다.

그런데, 그런데 왜 자꾸만 불길한 예감이 드는 걸까요. 아까 당신의 고향이 있던 수몰지역을 지나칠 때, 문득 당신이 죽음을 택했을지도 모른다는 생각이 들었습니다.

그랬었지요. 별빛이 마구 쏟아지던 밤, 사람이 죽으면 모두 별이 된다며 소녀 같은 소리를 했을 때가, 호수 위에 산란하느라 찰랑되던 별빛을 보고는 고향사람들이 죽으면 별이 되어 저렇게 고향을 찾아오는 것이라고 말했던 당신이 떠오릅니다. 그리고 자꾸만 당신이 별이 되었을지도 모른다는 불길한 생각이 듭니다.

참 이상한 일입니다. 당신이 사라진 뒤로 나는 당신에 대한 집착이 더 심해졌습니다. 집착은 당신과의 추억을 마치 초원의 누우떼처럼 몰고 옵니다.

당신으로 인해 지난 몇 달 사이에 몸무게가 5kg이나 줄었답니다. 나는 내 몸에서 빠져나간 겨우 여덟 근의 무게가 천근의 슬픔을 가져다준다는 것이 이해가 되지 않습니다.

달리면서 오직 당신만을 생각하는 것은 이 세상 어디에 살아 있든지 아니면 저 세상으로 떠났을 당신을 내 속에서 마지막으로 떠나보내기 위해서 일까요?

회인교를 지나면 호수의 끝자락이 내려다보이는 우측에 휴게소가 나옵니다. 당신과 여러 번 와 봤던 곳이라 굳이 설명이 필요치 않겠네요. 휴게소라야 두 개의 컨테이너박스를 연결해서 만든 볼품없는 곳입니다만 피발령을 넘나들던 사람들은 이곳에 들려서 간단히 요기를 하거나 담배를 한 대쯤 피우며 휴식을 취하기에 아주 좋은, 호수가 내려다보이는 한적한 곳이지요.

좌판에는 마을에서 농사지은 참깨, 콩, 동부와 같은 잡곡 말고도 참기름, 들기름 같은 양념거리가 놓여 있습니다. 마을부녀회에서 운영하는 이곳은 막걸리나 커피, 칼국수와 물고기튀김을 팔아서 마을기금으로 사용하고 있는데 당신도 무공해유기농산물이라는 부녀회의 설명을 듣고는 참기름과 율무를 샀지요. 당신은 신토불이가 몸에 좋다며 참기름 한 병을 더 사서 내게 들려주었지요. 이런 당신에게 멸치액젓을 내 보이며 친정에서 가져온 것이라고 유독 전라도사투리를 쓰던 아낙네를 기억하겠지요? 진도아리랑이 유명한 전라도의 섬 진도에서 이곳 산골마을로 시집와서 마을부녀회장을 맡고 있다는 억순 아낙네 말입니다.

오늘도 그 진도댁이 동네여자들을 앞세우고 나와서 장사를 하고 있습니다. 나는 라면을 시켜놓고 신발을 벗었습니다. 좀 두꺼운 양말로 바꿔 신으려고 합니다. 반찬을 내온 진도댁이 나를 알아보고는 요즘은 왜 당신과 오지 않느냐고 묻습니다. 당신을 묻는 것이 참 눈 때가 매운 사람인가 봅니다.

"몸 맛이 어때?"

두 해전 어느 겨울날, 이곳에서 빙어회를 시켜 놓고는 당신이 내게 물었지요. 후후 나는 웃음이 나와 그만 뒤로 넘어질 뻔 했습니다. 당신은 산채로 먹는 빙어 맛을 물었는데 '몸 맛'이라는 생뚱맞은 말에 엉뚱한 생각을 했었으니까요.

당신도 얼떨결에 '몸 맛'이라는 말을 뱉어놓고는 송곳니까지 드러내 보이며 웃었지요. 당신이 환하게 웃으면 송곳니가 별처럼 반짝거렸습니다. 당신은 날것은 못 먹는다며 빙어튀김을 시켰지요. '몸 맛'이라는 당신의 말이 너무 육감적으로 들렸습니다. 내가 짤막하게 "달착지근해"라고 대답하자 당신은 다시 별빛 반짝이는 송곳니를 드러내며 웃었답니다.

그런데 그 때의 일을 떠올려도 지금은 웃음이 나오지 않습니다. 당신에 대한 이런 생각들은 가슴을 싸늘하게 합니다. 아니 이런 생각들의 틈새로 슬픔이 삐죽거리며 빠져나옵니다.

양말을 갈아 신으면서 오늘 이후로 다시는 이곳을 찾아오지는 않겠다는 다짐을 했습니다. 이곳을 떠나는 순간에 이곳에 덕지덕지 묻어있는 당신에 대한 추억도 말끔히 지울 생각입니다.

피발령 오르는 길을 잰 걸음으로 걸어가고 있습니다. 회인에서 피발령까지는 웬만한 자동차도 숨을 헐떡이는 오르막길입니다. 산허리를 감고 있던 물안개가 차차 벗어지더니 새벽이 찾아오고 있습니다. 산모퉁이를 돌아가는 마라토너들이 아침정기로 인해 당차 보입니다. 코스는 회인마을을 끼고 난 우회도로를 통과해야 합니다.

나는 마을 쪽을 바라봤습니다. 집들에 가려 오장환문학관은 보이지 않습니다. 언제가 당신과 이곳에 왔었지요. 회인은 월북 작가 오장환의 고향이지요. 민주화바람이 불면서 그가 복권되고 이곳에 그의 문학관이 세워졌다는 것을 당신도 알고 있지요.

당신과의 갈림이 내가 당신을 데려간 저 오장환문학관 때문인지도 모른다는 생각이 듭니다. 문학관을 보던 당신이 갑자기 "나 시인이나 될까?" 하고 말했습니다. 그리고는 '고운 달밤에 상여야, 나가거라. 처량히 요령 흔들며…' 당신은 벽에 붙여진 오장환의 시를 소리 내어 읽었습니다.

당신의 큰 음성에 화투를 치고 있던 마을청년들이 우리를 바라봤습니다. 문학관을 찾는 사람이 많지 않은지 동네 젊은이들이 한쪽에서 화투를 치고 있었지요.

월북 작가인 오장환의 불행했던 생애에 대한 동정심에서였는지 정말 오장환의 시에 매료되어서였는지 그 뒤로 당신은 나를 졸라 몇 번인가 더 문학관을 찾아갔지요. 그런데 우연일까요? 마지막으로 당신과 그곳에 갔던 날, 우리가 함께 읽었던 The Last Train! 저무는 역두에서 너를 보낸다…. 거북이여! 느릿느릿 추억을 싣고 가거라. 슬픔으로 통하는 노선이, 너의 등에는 지도처럼 펼쳐있다…. 마지막 열차의 싯구가 마치 우리의 이별을 점지하고 있던 것 같습니다.

피발령 오르막길은 가파릅니다. 아직 40km를 더 달려야 하는데 조금씩 무릎관절에 이상이 오기 시작하나 봅니다. 발을 옮길 때마다 무릎이 시큰거리는군요. 나는 벨트수납에서 진통제를 꺼내 입에 물었습니다. 그리고는 약이 빨리 흡수하도록 진통제 알갱이를 씹어 으깬 뒤에 물을 마셨습니다. 목 언저리에 남아있는 약 냄새가 불쾌합니다. 나는 평지에서 속도를 높일 생각을 하고 산 중턱부터는 아예 걷고 있습니다.

피발령은 높이가 360m밖에 되지 않지만 깎아지른 듯 한 절벽 사이로 난 험준한 고갯길이 마라토너에게는 지구력을 요구하고 있습니다. 잠깐 당신께 피발령에 관한 이야기를 해 주고 싶군요. 당신과 고갯길을 수 없이 넘으면서 왜 피발령에 얽힌 이야기를 하지 않았는지 모르겠습니다. 고갯마루에 세워져 있는 커다란 돌판에 피반령이라 쓰여 있었는데도 당신은 그 뜻을 내게 물어오지 않았기 때문에 그만 깜박 잊어버렸나 봅니다.

조선중기 이원익이라는 사람이 경주목사로 부임하면서 가마를 탄 채로 이 고갯길을 넘어가게 되었답니다. 그런데 너무 힘이 들었던지 가마꾼이 이 고개만은 걸어가 주십사하고 그에게 간청했답니다. 이를 괘씸하게 여긴 이원익이 나는 걸어 갈 테니까 너희들은 기어서 고개를 올라오라고 명령을 했다는군요. 결국 추상같은 사또의 명령에 따라 험준한 산길을 기어서 올랐다고 하니

가마꾼들의 처절한 모습은 굳이 설명할 필요가 없겠지요. 가마꾼들의 손발은 피투성이가 되었지요. 그때부터 이 고개를 피발령이라 불렀는데 일제 때 지명을 한문으로 고치면서 피반령皮盤嶺이 되었답니다.

그런데, 그 옛날의 가마꾼만은 아닙니다. 내 가슴은 당신으로 인해 피멍울이 들었습니다. 손발의 상처는 약을 바르면 치료 될 수 있지만 가슴에 든 피멍울은 아물지 않습니다.

가슴을 쥐어짜는 통증도 피멍울 때문입니다. 인연을 끊어내는 일이 우리에게 이토록 어려운 일인지요. 인연을 끊어내는 일이 당신이 내게 베푼 마지막 은덕일지 모르지만 이별의 언덕은 너무나 가파릅니다. 힘이 듭니다.

가덕면이 내려다보이는 내리막길은 S자 코스로 완만합니다. 힘들어하던 마라토너들도 내리막길에서는 한결 가벼운 몸이 되어 달려가고 있습니다. 그러나 나는 무릎 때문에 속도를 높일 수가 없습니다.

배밭골에 이르러서야 나는 달리기 시작합니다. 가을 추수가 끝난 빈 과수밭은 스산한 풍경입니다. 지금은 배꽃을 볼 수 있는 봄이 아니라서 유감입니다. 당신이 보고 싶어 하던 것이 배꽃이 아니라는 것을 압니다. 당신은 배꽃에 비친 달빛을 보고 싶어

했지요. 달을 유난히 좋아하는 당신은 보름밤이면 참지 못하고 만월을 따라다니는 요정이 되었지요. 서양 이야기속의 늑대인간처럼…. 달을 좋아하는 그런 당신을 보면서 음기가 세기 때문일 거라고 생각한 적이 있습니다. 당신은 배꽃에 비친 달빛을 기어이 보겠다고 별렀는데….당신과 함께 맞이할 이화월백 하는 봄밤은 우리에게 다시는 오지 않을 생각에 쓸쓸한 슬픔이 밀려옵니다.

열량이 높은 초콜릿은 장거리를 뛰는 마라토너에게 더 없이 좋은 요깃거리입니다. 배낭에 넣어 둔 초콜릿이 등짝의 열기로 물렁하게 녹았습니다.

무릎이 심하게 시큰거린다 싶었는데 내 걸음걸이가 휘청거리게 보였는지 뒤 따라오던 111번이 다가와 괜찮으냐고 묻습니다. 잠시 무릎보호대를 고쳐 매느라 길가에 주저앉아 있는 내게 그는 친절하게 물병을 내밀면서 뛸 수 있겠느냐고 묻습니다. 아직도 30km를 더 뛰어야 하기 때문에 너무 무리하면 몸이 상한다고 걱정하는 표정을 지어 보입니다. 내가 괜찮다며 웃어보이자 그는 내 어깨를 가볍게 두드리더니 골인지점에서 보자며 앞서 나갑니다.

나는 무릎관절이 망가져 다시는 뛸 수 없게 되더라도 이번만큼은 꼭 완주하고 말겠다고 마음을 다지면서 일어나 다시 뛰기 시작합니다. 가을 들녘의 아침바람은 상쾌합니다. 가덕중학교 앞을 지날 때 아이들이 유리창에 몸을 내밀고 저마다 손을 흔들며 환호합니다.

들판을 가로질러 멀리 모텔 마법의 성의 지붕이 보입니다. 모텔 마법의 성은 지붕이 빨간색입니다. 고깔모자 모양의 지붕이 뾰족뾰족한 모텔은 멀리서도 한 눈에 들어옵니다. 중세 유럽지방의 성곽을 흉내 내느라 뾰족지붕을 만들었겠지만 왠지 광대 피에로의 빨간색 고깔모자가 연상됩니다. 마라톤 코스가 바로 모텔 마법의 성 앞을 지나게 됩니다. 가까이 다가갈수록 모텔은 제 모습을 드러냅니다. 흰 벽과 고전풍의 창문, 그리고 창문마다 나팔을 부는 천사상의 조각이 위태롭게 붙어 있습니다. 황금빛깔의 천사상은 아침햇살을 받아 유난히 반짝거립니다.
"왜 대부분의 러브모텔이 성城모양을 하고 있는지 아세요?"
당신이 물었습니다.
정신분석학적으로 사람들이 성性이라는 은밀한 행위를 숨기고 싶은 건데 성城에 숨어들면 아무도 찾을 수 없을 것이라는, 말하자면 성性과 성城은 우리말 발음에서도 같지만 은폐한다는 의미에서도 상호연관성이 있다고 말입니다.

당신은 어느 책에서 봤다고 했습니다.

당신은 무슨 대단한 비밀이라도 알려주는 것처럼 조금은 들떠 있는 듯했습니다. 그런 당신에게 내가 하마터면 우리도 저기에 숨어 볼까하고 말하려고 했습니다.

당신이 갑자기 모텔 마법의 성을 향해 운전대를 꺾지 않았다면 말입니다. 우리가 그곳에 간 이유는 당신 말대로 우리는 단지 숨고 싶은 것이었지요. 머리카락이 보이지 않도록 꼬옥꼬옥 숨기 위해 성곽 안으로 들어간 것이었지요.

당신의 몸에서는 언제나처럼 장미향 냄새가 났습니다. 나는 그 향기가 좋아서 장미꽃다발보다 더 탐스러운 당신의 젖무덤에 고개를 던져 넣었습니다. 당신은 미동도 없이 내가 당신의 채취를 느낄 수 있도록 그렇게 가만히 있었습니다. 단지 가볍게 내 머리칼을 쓸어내리면서….

"천둥치는 운명이란 말 있잖아요? 그런 만남이 있을까요?"

깜박 잠이 들었던 모양입니다. 당신의 말에 잠이 깼습니다. 여전히 당신은 한 손으로 내 머리칼을 쓸어내리고 있었지만 당신의 눈은 천정을 향해 있었습니다. 그렇다고 당신이 천정을 보고 있는 것 같지는 않았습니다. 초점 없는 당신의 눈빛에서 무엇인가를 골똘히 생각한다는 느낌이 들었습니다.

천둥치는 운명이라는 생뚱맞은 당신의 질문은 유행가에서 카

피해 온 것이 분명한데 당신이 왜 하필 그런 장소에서 그런 말을 했는지 의도를 알 수 없었습니다. 운명은 공간적인데 비해 만남은 시간적인 요소를 내포하고 있기 때문에 천둥치는 운명과 만남은 상관관계가 성립되지 않은 문장이지요.

이제는 산에 가려 피에로의 고깔모자를 쓴 뾰족지붕은 보이지 않습니다. 피에로, 피에로, 아 갑자기 피에로의 눈물분장이 떠오릅니다. 온몸으로 표현하는 희극 속에도 눈물이 있다는 것을 나는 생각하고 있습니다. 아니에요. 어쩜 이것은 희극도 비극도 아닌 천둥치는 운명일지도 모르겠습니다.

마지막 체크 포인트에 다다르자 시간은 정오를 지나고 있습니다. 무릎 통증이 점점 심해져 옵니다. 나는 길가에 주저앉아 무릎보호대를 풀어봤습니다. 무릎이 많이 부어있습니다. 다시 양을 두 배로 늘려서 진통제를 먹었습니다.

지나치는 사람들이 절뚝거리는 나를 안됐다는 듯이 바라봅니다. 절뚝거리는 내 모습이 뛰는 것도 아니고 그렇다고 걷는 것도 아닌 우스꽝스런 모습으로 비춰졌는지도 모르겠습니다.

힘을 내야지요. 걷지 못하면 기어서라도 기어코 골인 지점까지 가려고 합니다. 배낭 안에 있는 아직 먹지 않은 미숫가루를 버렸습니다. 짐이 되는 것은 무엇이고 버렸습니다.

논 가운데 세워진 대형 간판에는 긴 머리 여자가 미소를 머금고 나를 봅니다. 여자의 얼굴 옆으로 '처음처럼'이라는 낯익은 문구가 써져 있습니다. 이 고장에서 출시되는 소주 이름입니다. 술 이름 같지 않은 이름도 자꾸 듣다보면 낯익어지는가 봅니다. 대형 간판의 모델의 눈동자가 나를 향해 웃는 것 같은 착시현상이 일어납니다. 그 눈길이 사람들을 따라오며 '처음처럼'을 속삭입니다. 평소에는 들판을 내려다보고 있거나 저녁놀을 바라보면서 '처음처럼'을 속삭일 것입니다. 광고판은 더 이상 금속성이 아닌 살아있는 미소로 끊임없이 '처음처럼'을 중얼거리며 서있습니다.

'처음처럼'이란 말은 내가 당신께 간절히 바랐던 심정이었습니다. 애원의 독백이었습니다.

"280번! 280번!"

스피커에서 나를 부르는 소리가 뒤에서 들려옵니다.

"280번! 괜찮은가요?"

한 걸음, 한 걸음 내딛는 것이 고통스럽습니다. 진통제는 더 이상 고통을 덜어주지 못하는군요. 심하게 절뚝거리는 나를 향해 응급차량이 따라오면서 방송합니다.

응급요원이 응급차량 유리문을 내리고 내게 묻습니다.

"더 이상 뛸 수 없으면 차에 타세요."

응급차량은 나와 보조를 맞춰 느리게 가면서 달콤하게 나를 유혹합니다. 순간 차에 오르고 싶은 충동을 느낍니다. 차에 오르면 편안하게 누워 포도당 주사라도 맞을 수가 있겠지요? 욱신거리는 무르팍에 진통제 주사라도 맞을 수가 있겠지요? 이런 생각들이 다리에 힘을 빼는군요.

내가 손을 흔들어 보이며 괜찮다는 몸짓을 하자 응급차량은 알았다는 듯이 경음을 한 번 길게 울리고는 앞질러 사라져 갑니다.

시계를 봤습니다. 이렇게라도 부지런히 가면 완주 커트라인인 10시까지 도착할 것 같습니다. 나는 아무 생각 없이 앞만 보고 걸어갑니다. 가로수의 힘 잃은 잎사귀들이 바람결에 떨어지고 있습니다.

산모퉁이를 돌자 멀리 무심천이 보입니다. 무심천, 마음에 아무것도 담아두지 않는다는 이름의 무심천을 바라보는 순간 마음을 비우지 않고는 결코 건너서는 안 될 것 같은 생각이 듭니다.

개천이 가까워 올수록 더 마음이 무겁기만 합니다. 마음이 답답해집니다. 아직 당신을 비워내지 못한 마음이 숨이 막히도록 답답하기만 합니다.

갑자기 가슴의 통증이 밀려옵니다. 쥐어짜는 것 같은 고통에 가슴을 움켜잡고 주저앉습니다. 무엇인가 무거운 것이 가슴을 누르는 것 같아 일어나기가 힘이 듭니다. 눈앞이 흔들린다고 느껴지면서 정신이 몽롱해 집니다. 사람들이 웅성거리는 소리가 가깝게 들리다 가물가물 사라집니다.

   나는 기를 쓰고 무심천 쪽을 바라보려고 했지만 짙은 어둠이 밀려옵니다. 그 어둠 사이로 한 가닥 물줄기가 흘러갑니다. 인연은 여기까지예요 라고 말하는 당신께 이제는 안녕이라고 굳이 말하지 않아도 될 순간이 온 듯합니다.

현생의 인연 중에
가장 나쁜 악연이 있다면
사랑하는 것이라고 했던가요?

사랑이야 말로
생에 대한 미련을 갖게 하는
치사스런 감정이라고 말할 때

나는 당신의 눈망울에
가득 고인 눈물을 보았습니다.

작가의 말

이야기꾼이 따로 있겠는가. 천 명의 사람이 걸어 다니면 천 명의 이야기꾼이 걸어 다니는 것이며, 그들이 잠을 자면 천 명의 이야기꾼이 꿈을 꾸는 것이기에 세상에 소설을 내놓는 것은 결코 대단한 일이 아니다.

사람들이 걸어간 길 위에 내 발자국 하나를 더하듯 무수한 이야기들 속에 내 이야기를 하나 더하는 심정으로 책을 펴내게 되었다.

오랫동안 시에 천착한 필자는 자신의 이야기가 아닌 수많은 사람들의 이야기를 재미있게 각색하여 새로운 이야기를 만들어 세상에 내놓고 싶었다.

어떤 때는 내가 설정한 작품속의 인물이 밤낮을 가리지 않고 찾아와 끝없이 이야기 속으로 필자를 끌고 가는가 하면, 빛나는 이빨을 가진 생쥐가 거대한 기둥을 밤새 싸악싸악 쏠고 있는 것마냥 수많은 이야깃거리를 무의식세계에서 담아다 의식세계에 부려놓길 반복했다.

이 소설에 수록된 이야기는 사람들과의 갈등과 구조적 세계와의 갈등에서 비롯된 인간의 심리를 여러 측면에서 다룬 작품으로 생뚱맞거나 이질감을 주는 것이 아닌 누구나 일상에서 추리할 수 있는 보편적인 이야기를 서사화한 것이다.

소설이란 작가가 쓰는 것이지만 실상은 작품마다 설정해 놓은 인물이 저마다 이야기를 풀어가는 서사로서 어쩜 작가는 이를 관조하며 차분하게 정리하는 일을 맡았다고 할 수 있다.

필자는 소설을 쓰는 즐거움 못지않게 이 시대를 함께 살아가고 있는 사람들의 심적 아픔과 상처를 작품으로 어루만져 위로와 평화를 드리길 소망하며 감히 독자 앞에 소설집을 내놓는다. 이를 위해 책을 펴내주신 도서출판 이든북 이영옥 대표께 머리 숙여 깊이 감사드린다.

단편소설집
살루메가 있는 방
ⓒ 김상현, 2023

발행일	2023년 11월 18일
지은이	김상현
발행인	이영옥
편집인	송은주
펴 낸 곳	도서출판 이든북
출판등록	제2001-000003호
주　　소	대전광역시 동구 중앙로 193번길 73
전화번호	(042)222-2536	팩스(042)222-2530
전자우편	eden-book@daum.net
카　페	https://cafe.daum.net/eden-book
공 급 처	한국출판협동조합
	전화 (02)716-5616　(031)944-8234~6

ISBN 979-11-6701-263-0 (03810)
값 13,000원

* 이 책의 판권은 지은이와 이든북에 있습니다.
* 이 책 내용의 전부 또는 일부를 재사용하려면 반드시
  양측에 서면 동의를 받아야 합니다.